與奶奶的約定
林玫妮 著
青姚 繪

目錄

一、快樂暑假

「羅強，等等我！」

「不要！」

「你跑太快了我跟不上啦！」

「那妳應該好好訓練一下自己，臺北人。」男孩回過頭，露出了輕蔑的表情。

「你說什麼？好歹我也是你堂姊，講話沒大沒小的。」羅倩羽一邊跑一邊氣喘噓噓的說。

「那就追上我啊。」說完，羅強舉起手刀，全力衝刺。

「你！羅強你去撞牆啦！」倩羽氣呼呼的在他身後大喊著，然後往回跑。

羅強看見堂姊生氣了，立刻拉下臉說：「好吧，那我們再比一次。」

「不要了。」倩羽強硬的說。

「為什麼？」

「因為……」倩羽露出了淚眼光光的難過神情。

「因為？」羅強心想，完蛋了，女孩子一哭起來他一點辦法也沒有，他搔搔頭，然後說：「那個，對不起啦，妳可以不要這樣嗎？」

「嗚……」

「好了啦，我都跟妳道歉了……」

「嗚……」

「不要這樣啦……」

倩羽低著頭，不發一語。

羅強無奈的嘆一口氣：「我知道了，我的那份下午茶給妳吃就是了。」

聽到這句話，倩羽突然抬起來，眼睛瞪得大大的，她強硬的看著羅強，然後眼神發亮的說：「你說真的？」

「當然囉，大丈夫一言既出，駟馬難追。」他拍拍胸脯保證。

「哇賽，太棒了。」倩羽忍不住拍手叫好。

「妳……」羅強目瞪口呆的看著興高采烈的堂姊。

倩羽吐吐舌頭：「小鬼，你要跟我比還差得遠呢！」

「妳是姊姊耶，竟然這樣戲弄妳的堂弟！」羅強氣呼呼地表示。

「小鬼，沒聽過『孔融讓梨』嗎?要懂得敬老尊賢！」倩羽神氣的吹吹額頭上的瀏海。

羅強嘆了一口氣：「妳真的很孩子氣，一點都不像要升國中的人，我比妳小一歲，感覺成熟多了呢！」

「哎呀，這一點都不重要，每次回到臺南，我覺得心裡面的野孩子就跑出來了，我爸爸也常常說，一回到家鄉，好像又重返童年的時期，大概就是這樣的感覺吧。」倩羽忍不住發表了一番話。

「算了，隨便妳。」聽到堂姊這樣的理論，羅強也只好摸摸鼻子，誰叫他是奶奶眾多孫子裡面，個性最溫和善良的。

「這樣才乖嘛，小弟。」倩羽笑嘻嘻的看著他說。

羅強默不吭聲，只是翻了翻白眼。

經過了一個上午，倩羽已經跟羅強比賽了跑步，騎腳踏車到傳統市場幫奶奶買洋蔥，甚至還到田旁邊的小溪裡面抓小魚。原本皮膚白皙的倩羽，過了一個暑假後，總會曬出健康的小麥色。

只要一放暑假，倩羽就會自己到臺南找奶奶，並在這裡度過漫長的暑假，她天生個性開朗活潑、大而化之，喜歡與人交朋友，嘴巴上總有說不完的話題，即使她很多朋友都覺得跟爺爺、奶奶相處很無聊，不過她就是特別喜歡奶奶，自己也說不上來。而身為獨生子的羅強，雖然家本來就住在臺南，但是也只有暑假的時候比較常和堂姊一起來。

✿

「喔，還是奶奶做的牛肉麵好吃！」倩羽狼吞虎嚥的把午餐牛肉麵吃得乾乾淨淨。

「我也這麼覺得。」早已吃完的羅強，已經靠在藤椅上看電視，顯得昏昏欲睡。

「好想睡覺唷。」倩羽揉揉眼睛說。

「妳暑假作業寫了嗎？」

「哎呀，那是回臺北以後的事，不要緊。」倩羽不以為意的揮揮手。

「不會吧，妳連每天的日記都沒寫嗎？」

「到時候再說啦！」她不耐煩的回答，然後懶散的癱坐在另一張藤椅上。

「現在不寫，之後要怎麼寫啊？」

「我自然有辦法啦！」

羅強搖搖頭說：「日記我至少每天都會寫耶。」

「這樣正好，我要寫的時候可以用你的參考。」倩羽對羅強比出了勝利手勢。

「拜託，妳也太奸詐了吧。」

「這不是弟弟應該幫姊姊做的事情嗎？」

「妳一點都不像個姊姊，也不是一個好的模範。」羅強露出了無奈的表情。

「你好囉嗦，跟我媽一樣。」倩羽懶洋洋的說。

這時，奶奶正從爺爺的房間走出來，手上拿著兩個大枕頭，看見兩個懶惰的孫子忍不住大喊：「你們兩個，要睡就去房間睡啊！」

「奶奶，今天下午茶是什麼？」倩羽揉揉眼睛看著奶奶。

「蛤？什麼茶？妳想喝茶喔？」

「不是啦，是我們下午的點心吃什麼？」

「點心？妳沒吃飽啊？」

「下午應該還會餓吧。」羅強補充回答。

「還沒想到啦，你們想睡就去睡，不要癱在這邊很難看！」說完，奶奶就拿著長棍，用力的拍打兩個枕頭。

爺爺在兩年前過世了，現在房間裡變成堆雜物的地方。

這間古厝有三間房間，一間爺爺的，一間奶奶的，還有一間是以前爸爸和另外四個兄弟姊妹的房間。四個手足有大伯、二伯、三伯還有姑姑，羅強的爸爸，就是倩羽的三伯。

「哈——」倩羽打了一個長長的呵欠。

「妳去房間睡啦，阿強坐在這裡睡就好，我等等拿被子給他蓋。」說完，奶奶就急忙走到三合院的中庭，架起椅子來曬枕頭。

倩羽迷迷糊糊地走進奶奶的房間，那是一個充滿老舊木製家具、樟腦丸和蚊香味道的地方，而奶奶身上，無時無刻都有著這個味道，記得有一次奶奶坐火車到臺北，在廣大的車站裡面迷了路，找了好久，還是靠她「聞」到了奶奶的味道，才發現奶奶提著大包小包的行李，等在公共電話旁邊。

「這個味道真令人安心。」倩羽在半睡半醒中，說出了這一句話。

✿

「轟隆轟隆——」

「轟隆轟隆——」

此起彼落的雷聲，將倩羽從午睡中吵醒。

「天啊，這個雷也太大聲了吧。」她睡眼惺忪的走上窗戶旁邊。

「啊，不好了！」正當她準備衝出門時，就看到羅強拎著兩個溼答答的枕頭走進房間。

「這下可好。」倩羽無力的看著正在滴水的枕頭。

「只能先擦一擦，用電風扇吹一下吧。」羅強也無奈的表示。

「對了，奶奶呢？」倩羽突然想到，每次當這種「緊急狀況」發生時，奶奶絕對是衝第一個去處理的，怎麼會突然看不到人呢？

「不知道耶。」羅強也納悶的東張西望。

雨越下越大，兩人將平房裡的三個房間都找遍了，卻還是沒看見奶奶的蹤影。

羅強再次搔搔頭說：「這就奇怪了，奶奶會去哪裡啊？」

「是不是去買點心了？」羅強說。

「誰會在大雨的時候出門？」倩羽反問。

「說不定是奶奶出門後，才發現下雨吧。」

「是嗎？但依奶奶的個性，不太可能忘了把枕頭收進來啊。」倩羽懷疑的自言自語。

「啊，會不會在阿春阿嬤那邊。」羅強突然叫了出來。

倩羽點點頭，然後說：「有可能喔，不然我們去看看。」

於是兩人共撐起一把傘，類似賣水果用的五顏六色大傘，一起衝到隔壁鄰居阿春阿嬤家，她是奶奶最好的朋友，兩人常常一起去附近的農家幫忙收割作物，賺點零用錢。

「叩叩叩！」倩羽拉著木頭上的鐵環，用力的敲了三下。

「阿春阿嬤，我是小羽，妳在家嗎？」倩羽對著門口大喊。沒有反應。

「會不會出去了啊？」羅強說。

倩羽聳聳肩：「有可能喔，不過雨下那麼大，說不定她沒有聽見敲門聲。」

「我來！」羅強挺身，站在門口。

「叩叩叩！」

「叩叩叩叩叩！」

倩羽忍不住用力的拍了羅強的背：「那麼大力做什麼？門會被你敲壞啦！」

羅強不甘示弱的說：「不然怎麼辦，雨下這麼大，誰聽的見。」

正當兩人準備開始爭論時，門打開了。

阿春阿嬤手上還拿著沾有花生的鍋鏟。

「小羽跟阿強啊，來得正好，要不要吃花生糖啊，阿嬤剛做好的喔。」阿春阿嬤笑咪咪的看著兩人。

「好……啊不對！阿嬤，我們奶奶有在妳家嗎？」羅強差一點直接接過花生糖，但又立刻想起到這裡來的原因。

「阿珠？沒有喔，她沒有來。」阿春阿嬤回答。

「可是她也不在家，我們醒來她就不在了。」倩羽露出擔心的表情。

阿春阿嬤拍拍倩羽的肩膀，然後說：「你們不用想太多，阿珠常常跑到隔壁庄買雜貨，或許等等就回家了。」

「但奶奶連枕頭都沒收，她應該知道快下雨了。」倩羽表現出擔心的樣子。

「不然，我跟你們回去看看吧。」

接著，阿春阿嬤與倩羽、羅強，立刻再次冒著雨，快跑的走回家。

一開門，奶奶正好端端的坐在客廳裡看電視。

「奶奶！」倩羽和羅強兩人鬆了一口氣。

「怎樣啦，你們怎麼跟阿春在一起？」奶奶疑惑的看著他們三人。

阿春阿嬤走到奶奶旁邊坐下：「妳以後出門的時候，記得告訴兩個孫子啊，他們擔心妳，以為妳在我家，緊張的跑過來呢。」

奶奶露出驚訝的表情：「我一直都在家啊！」

倩羽和羅強兩人頓時目瞪口呆，他們明明把房間各個角落都找到了。

兩人立刻表示，剛剛奶奶的確不在家。

「我明明一直在這邊看電視！」奶奶理直氣壯的回應。

「可是⋯⋯」倩羽打算持續追問。

「沒有可是。」奶奶堅硬的說。

看到這樣的情形，阿春阿嬤立刻跳出來：「好了好了，你們先不要吵了。」她把兩人拉到一邊，接著說：「我想，妳們奶奶應該有什麼理由才不想說吧，你們先進房間，我晚點再問問她。」

說完，她指著牆角那把帶著碎花且溼答答的雨傘，那次倩羽媽媽之前從日本買回來送給奶奶的禮物。

✿

傍晚，奶奶帶著倩羽和羅強一起到廟口看布袋戲，奶奶說，她最喜歡素還真，怎麼看都看不膩。

下午的事件，大家似乎都沒有放在心上，倩羽也覺得，就讓奶奶保有一點小祕密吧，她和羅強兩人心照不宣，也沒有繼續追究下去了。

當音樂放到最大聲的時候，倩羽輕輕的牽起奶奶的手。爸爸說，奶奶是標準的農家婦女，終其一生都在為整個家付出，即使現在手變得如此粗糙、背也駝了，她還是堅持接接零工，到附近農地業主家幫忙採收小玉西瓜、高麗菜等作物，爸爸怎麼說她都不聽。

奶奶轉過來望著倩羽，同時也捏捏她的手。

「奶奶。」

「蛤？」

「我明年暑假，還可以過來這裡嗎？」

「當然可以，但妳不會覺得無聊嗎？」奶奶問。

「有奶奶在，永遠不會無聊。」

「真的啊。」奶奶露出了和藹的笑容，然後繼續看著五光十色的布袋戲，夕陽西下，將四周的稻田，轉為溫暖的橘紅色。

二、計畫改變

一年後

「羅倩羽，妳暑假要去哪裡玩？」

李柏勳倚靠在走廊的牆壁上，漫不經心的拿著掃把，掃著地板上那些永遠清不完的灰塵。

倩羽看著他，笑嘻嘻的說：「我這兩個月都會在臺南跟奶奶在一起。」

「蛤？」柏勳驚訝的看著她。

「有什麼好訝異的？」

「這年頭，還有人喜歡跟奶奶一起過暑假？」他臉上寫出了「不敢相信」的表情。

「不可以嗎？」倩羽冷冷的回應。

「不……不是啦。我是想說，妳跟妳奶奶，感情一定非常好吧，不然我們都已經國二了，別說是奶奶了，我最近連跟我爸媽說話都覺得累了。」柏勳連忙解釋。

倩羽驕傲的點點頭說：「我跟你們是不一樣的！」

「真的很不一樣。」他附和著說。

「那當然！」

「什麼時候出發？」

「明天。」

「放假第一天就去啊？那麼迫不及待！」柏勳調侃的說。

「拜託，暑假短短兩個月，我當然要盡量把握玩樂的時間啊。」倩羽俏皮的回答。

「本來想要找妳跟婷玉，明天可以一起去遊樂園玩的。」柏勳有些失望的表示。

「遊樂園？」倩羽聽到這三個字，眼睛立刻睜大。

「怎麼，妳想去啊？」

「你為什麼不早說呢。」

「我正要說啊，剛剛已經問了婷玉，她也沒問題喔，就差妳一個，總共有六七位同學要一起去！」柏勳接二連三的說，希望可以說服倩羽。

「哎呀，那我得晚一天去了。」倩羽貌似無奈的說。

「晚一天沒關係啦。」看著倩羽的反應，柏勳立刻繼續遊說。

「好吧，我回去問問車票的時間能不能改。」倩羽一說完，上課的鐘聲立即響起。

「先進去了！」她輕快的快步走進教室。

李柏勳和倩羽，是從小學一年級就同班的青梅竹馬，也是倩羽在學校的好哥兒們。他們和文靜乖巧的蕭婷玉，常常報告、作業都在同一組，婷玉的細心，在課業上為他們解決了不少問題，而開朗的倩羽，更是常常逗得她笑到流眼淚。

三個人的友誼，非常的珍貴、單純。

「晚一天回去，奶奶應該不會怪我吧？」倩羽盯著黑板上的公式發呆，一邊在心裡面這麼想著。

「這個臭柏勳，不早點說，我超想去遊樂園的！」

「想玩雲霄飛車、海盜船跟刺激的咖啡杯。」

「但是婷玉敢玩嗎？」

「沒辦法，她如果害怕，只好請她先和其他同學在下面等我們了。」

「要不要早點去，人才不會太多呢？」

「奶奶不曉得有沒有去過遊樂園耶，臺南有遊樂園嗎？」

「下次去臺南的時候問一下奶奶好了！」

倩羽的心已經完全飄到遊樂園和奶奶身上了。

接下來的時間，每個老師似乎都在告誡同學記得做功課，去海邊玩要注意安全等等。隨著最後一堂課結束，鐘聲響起，大夥們就像從籠中解禁的鳥兒一般，開心的聊天、跑跑跳跳，互相追逐，準備迎接暑假的到來。

當倩羽期待著遊樂園與假期的同時，爸爸正在公司，接到了一通晴天霹靂的電話。

✿

當天晚上，羅友和將兩個女兒叫到面前，媽媽還在公司加班，他先深吸一口氣，然後告訴她們那件殘酷的事實。

他無力的看著失望的女兒，卻無能為力。

「小羽，這也是沒辦法的事情。」

「去年不是還好好的嗎？」倩羽急切的看著爸爸，仍然希望有轉圜的餘地。

「人家本來今年也想跟姊姊一起去的！」倩羽年僅七歲的妹妹羅倩瑋，也在一旁鬧起彆扭、嘟著嘴巴。

「妳們不要這樣，奶奶生病，這是莫可奈何的事情。」

「而且，」爸爸接著說：「奶奶是要來臺北找我們，妳們以後天天可以看到她，這樣不是也很好嗎？」

「話是這麼說沒錯啦，可是……我還是比較想要去臺南。」倩羽無力的抗議著。

「爸爸知道，也只能等以後有機會了。」羅友和堅決的表示。

「妳們等等誰要跟我去車站接奶奶？」

「她自己來嗎？」倩羽問。

「姑姑帶她搭高鐵來的。」

「我去。」

「我也要去！」聽見姊姊要去，小跟班倩瑋當然也不能錯過這個機會。

這時，爸爸突然把倩羽拉到一旁，以一種極為嚴肅的神情看著她。

「怎麼了？」面對爸爸突如其來的舉動，讓她不知所措，不知道該如何回應。

爸爸看著她，接著默默的說：「經過醫生診斷，奶奶罹患了失智症初期。」

「失智症？」倩羽疑惑的看著爸爸。

羅友和微微點頭說：「妳有聽過阿茲海默症吧？」

倩羽依稀記得，某次健康教育課，老師曾經放過類似的電影給他們看，故事內容是一位中年男子，他知道自己得了阿茲海默症，慢慢的會忘記身邊所有的人和事情，於是開始安排自己未來的生活。

「是不是哪裡搞錯了……」她不敢置信的看著爸爸。

「醫生很確定，奶奶現在的情況，我也不是很清楚。」羅友和吞了一口口水，繼續說：「姑姑說，她目前時好時壞，她擔心奶奶如果繼續自己住，會發生危險。」

「我可以回去照顧她啊！」倩羽不經考慮得說。

「小羽，事情沒有妳想的那麼簡單。」

「奶奶會怎麼樣？」倩羽帶著含著淚水的雙眼問。

「我也不知道。」說完這句話後，爸爸就下樓準備去開車了。

倩羽頓時覺得晴天霹靂，去年的此時此刻，她也是開心的準備出發到臺南過暑假，怎麼才一年的時間，就出現了那麼大的變數，令人無法招架。

「姊姊……」倩瑋在一旁看著她，臉上顯示出困惑的樣子。

「走吧！」她拉起妹妹的手，打開大門後將門鎖好，穿上鞋子準備下樓。這時候的她，不禁在心裡想：「我從來沒有那麼害怕見到奶奶。」

✿

晚間九點，臺北車站的大廳依舊人來人往，充滿了各式各樣的人。老實說，倩羽不是很喜歡來這邊，比起熱鬧、紛紛擾擾的城市，她反而喜歡有廣大農田，和一抬頭就能看到藍天白雲的地方。

羅友和要倩羽和倩瑋在大廳等，自己到出站口去接媽媽。

其實，早在一年前他就覺得奶奶的狀況不是很正常，他也多次提醒住在附近的姊姊，但她總說這是自然老化的現象，記憶力變差是很正常的，叫他不要想太多。

一直到上個星期，媽媽去農地後就再也沒有回家，嚇得鄰居阿春姨和姊姊在路上到處找人，最後是接到派出所打來的電話，說媽媽站在農地旁邊跌倒了，就坐在路邊發呆，警察巡邏剛好經過，在她口袋錢包找到身分證，並聯絡上姊姊。

事後，羅林鳳珠一直罵姊姊，說為什麼要搬家，害她找不到回家的路。種種現象證明了媽媽的不尋常，就醫後經過診斷，立刻確診為失智症。

「天啊，我該怎麼面對？」正當羅友和心裡七上八下時，就看見姊姊一手攙扶著媽媽走出來，另一手提著簡單的行李。

「阿和。」姊姊看起來很疲憊的樣子。

「一路上都還好嗎？」羅友和問。

「還可以，除了上車時有說怎麼不坐火車外，其餘的時間都在睡覺。」倩羽的姑姑回答。

他轉頭看著自己的母親，發覺她正在玩弄衣服上的釦子，好像完全不想被打擾的樣子。

「倩羽她們在大廳等我們。」羅友和說。

「阿和，我有幫小羽買玩具唷！」羅林鳳珠開心的從包包裡拿出了一隻絨毛布偶。

羅友和不由得驚訝了起來，倩羽的確很喜歡絨毛娃娃，但那是小學三年級以前的事情。

姑姑對爸爸使了個眼色，接著輕聲的說：「她在路上看到硬要買，我也沒辦法。」

「媽，謝謝妳。」即使察覺了母親的異狀，羅友和還是保持鎮定，他不禁想像她的腦袋裡，現在肯定非常混亂。

「我跟媽說要帶她來臺北玩，她好開心呢，是不是啊，媽？」羅友和感覺到，姊姊故意說一些輕鬆的話，想要轉移剛剛尷尬的氣氛。

「走吧。」他搶過姊姊手中的行李，領著他們往車站大廳的方向走，身為男子漢的他，可不想讓媽媽和姊姊，看見自己掉眼淚的樣子。

✿

倩羽遠遠的就看到爸爸帶著奶奶與姑姑走過來，奶奶看起來一點都沒變，還是很有朝氣，臉上一樣笑咪咪的。

「姊姊……」倩瑋拉著她的衣角。

「怎麼啦？」她溫柔的摸著妹妹的頭。

「我覺得好害怕。」倩瑋抬頭看著她，感覺只要一眨眼，眼淚就會掉下來。她蹲下身來，雙手輕輕得放在倩瑋的肩膀上說：「瑋瑋，媽媽都說妳是什麼？」

「什麼是什麼？」小女孩百思不解的看著姊姊嚴肅的面孔。

「妳跌倒在哭、晚上做惡夢醒來的時候，媽媽叫妳什麼？」倩羽再次提問。

「啊！『勇敢的小精靈』！」倩瑋回應。

「那就對了，妳現在是小精靈，什麼事情都難不倒妳，別害怕喔。」

倩羽這麼說之後，倩瑋果真抬頭挺身，勇敢的看著離自己越來越近的爸爸與奶奶。有時候，她還蠻慶幸自己與妹妹年齡上的差距，雖然兩人相差了六歲，但反而讓她更加照顧妹妹。

當奶奶終於走到她們面前時，倩羽抱著忐忑不安的心情，露出微笑說：「奶奶，妳來了啊。」

奶奶仔細端詳她和倩瑋。

「對不起喔，這次沒有回臺南陪妳。」倩羽盡可能保持若無其事的樣子與奶奶說話。

「小妹妹，妳是不是迷路啦，妳要去哪裡呢？」奶奶說完這句話後，露出了擔憂的表情。

倩羽一時不知道該用什麼樣的表情來面對。

「媽，她是倩羽啊，妳不認得了嗎？」羅友和立刻跳出來，緊張的對奶奶解釋。

奶奶疑惑的看著倩羽，接著恍然大悟：「對啊，是倩羽耶，哈哈哈，我真是個老糊塗。」

「這是怎麼回事？」

「奶奶真的記得我嗎？」

「她有可能好起來嗎？」

「剛剛，她是把我當成別人了嗎？」

倩羽的心中冒出了好幾個問題。

她偷偷看著爸爸和姑姑，發現他們的臉色都很嚴肅，她也不敢追問。

而奶奶則表現出心情很好、很興奮的樣子，但倩羽有種感覺，這個暑假即使奶奶在身邊，也不會像以前那麼好玩了。

三、失望

「嗯嗯，對不起喔，我下次再跟你們一起去。」

「真的不一起來嗎？」

「嗯……我爸媽也希望我留在家裡陪奶奶。」

「這樣啊……好吧，就只好下次囉。」即使沒有看到柏勳，倩羽依然可以想像電話那頭失望的神情。

「好吧，有事再跟我說，我和婷玉再找時間去找你一起寫作業。」柏勳說。

「好，別擔心我。」

「那我要出門了喔。」柏勳淡淡的說。

「嗯，玩得開心喔，掰掰。」說完，倩羽輕輕的掛上電話。

今天本來是要和同學一起去遊樂園玩的，但經過昨天一連串的打擊，倩羽現在一點玩樂的心情都沒有，只希望奶奶能趕快恢復原來的樣子。

正值暑假，倩羽的媽媽楊雅晴是小學老師，所以這兩個月，媽媽會負責照顧奶奶，並特別囑咐倩羽兩姊妹要多幫忙，看好奶奶的一舉一動。

開學後，奶奶將被送到附近的日照中心，晚上爸媽下班後，再去接奶奶回家，至於住在臺南的姑姑，因為工廠事業正逢旺季，實在抽不出時間，與爸爸商量後，決定先讓奶奶來臺北居住一陣子再看狀況。

「小羽。」說話的是倩羽的媽媽。

「嗯？」她有氣無力的回應。

媽媽走過來，在她的身旁坐下。

「妳一定很難受吧。」她摸摸倩羽的頭，並用手摟住她的肩膀。

「我只是不懂，一年的時間，變化怎麼會那麼大？」

「唉，我知道妳一定很難接受，不過失智症是很多人上了年紀的老人會碰到的問題，這時候身邊的人，心態的調適也很重要。」楊雅晴嘆了一口氣，語重心長的說。

「那她會好起來嗎？」倩羽抱著一絲希望的看著媽媽。

「只能減緩病情惡化的速度了。」媽媽無奈的回答。

「沒有藥可以治療嗎？」

楊雅晴搖搖頭說：「很遺憾，失智症目前仍然無藥可醫。」

「怎麼會這樣……」聽到媽媽說的話，倩羽更不知道該怎麼面對奶奶。

現在是早上八點半，奶奶還在房間睡覺，爸爸在廚房喝咖啡，他特別向公司請了一個星期的假，想要先陪在奶奶身邊，而姑姑今天下午就要搭高鐵回臺南。

如果現在是在臺南，奶奶早就起床忙東忙西了，怎麼可能還在睡覺？記得以前她賴床的時候，奶奶都會立刻把她的被子掀起來，然後在她耳朵旁邊大喊：「快給我起來！」一切的一切，感覺都是好久以前的事。

想到這裡，倩羽不禁流下了難過的眼淚。

✿

接近中午時分，奶奶終於起床了。

「這裡是哪裡啊？」奶奶一醒來就突然大吼大叫。

「媽，這裡是我在臺北的家啊。」爸爸和姑姑，聽到奶奶的聲音後，立刻衝到房間裡。

奶奶還顧著四周，然後點點頭看著爸爸說：「喔喔，我想起來了。」羅友和暫時放下了緊繃的情緒。

「媽，這陣子妳要先住在阿和這裡喔。」姑姑以一種安撫的口吻對奶奶說。

「為什麼啊？」奶奶狐疑的看著姑姑。

「因為阿和希望妳過來陪倩羽跟倩瑋啊。」

「她們也可以到老家找我啊，我住這邊不習慣啦。」

「媽，就讓阿和為妳盡一點孝心吧！」

「這樣不會太打擾嗎？我一個人在家不是好好的。」聽到奶奶的回答，姑姑已經確定奶奶完全忘記那天找不到回家的路。

「沒啦，臺北有很多地方妳還沒去過，改天叫小羽他們帶妳去走走！」姑姑若無其事，按壓著心裡的情緒。

「這樣是要住多久啊？」奶奶問。

另一旁的羅友和終於說話了：「哎呀，媽別擔心，過一陣子就會帶妳回去了。」

奶奶再次東張西望，接著問：「這樣好嗎？」

「很好很好！」楊雅晴在最需要的時候從廚房端出了一盤切好的西瓜，那是奶奶最愛吃的水果。

「哇，西瓜耶，我最喜歡的。」奶奶笑得像個開心的孩子。

三人以眼神示意，看來奶奶暫時不會想起來要回家了。

✿

「今年換我來臺北過暑假了！」奶奶笑嘻嘻的對倩羽說。

「對啊，在這邊有很多人可以陪妳。」倩羽坐在奶奶的床邊，看著她回以同樣的笑容。

「不過，阿春應該會覺得很無聊，她要自己去收高麗菜了。」

「阿春阿嬤很健壯，奶奶不要擔心。」

「妳現在的意思是，我很脆弱，連顆高麗菜都拿不動囉？」奶奶半開玩笑的，捏了倩羽的大腿一下。

「不不不，上次妳一次搬了一簍小玉西瓜，我跟羅強都傻眼了，完全是女大力士啊，太厲害了！」倩羽立刻誇讚了奶奶一番，然後偷偷揉著被奶奶捏過的大腿。

「說到這個阿強，前幾天還在我床上尿床，被我狠狠修理了呢！」

「尿床？」倩羽在心裡想，堂弟羅強已經國一了，怎麼會尿床，奶奶一定是把以前的記憶和現在的混在一起了。

不過，今天奶奶的狀況似乎比昨天好多，不知道為什麼，今天她一看到倩羽立刻就認出她來，或許這就是爸爸所說的，「時好時壞」的病情吧，她還真希望奶奶能持續保持現在的狀況，怎麼樣都比昨天好。

「這個阿強也太不應該了。」倩羽附和著奶奶說。

另一邊的倩瑋，還搞不太清楚狀況，她可能覺得奶奶很善變，怎麼一下這樣、一下那樣，但這也不能怪她，畢竟她才七歲而已，還不到可以理解這麼多事情的年紀。

「奶奶，妳有去過遊樂園嗎？」倩羽決定講一些輕鬆的話題。

「蛤？蝦米園？」

「遊樂園。」

「那是哪裡？」

「一個有很多好玩東西的地方，雲霄飛車、摩天輪、小賽車、旋轉木馬跟小火車喔。」她向奶奶介紹了幾樣常見的遊樂設施。

奶奶搖搖頭說：「不知道妳在說什麼。」

倩羽低頭思索，接著說：「就像比較高級一點的公園吧。」

「公園喔，之前我跟阿春還有去踩一個奇怪的東西，會前前後後的動，好像在走路一樣。」奶奶努力的跟倩羽解釋。

她想，奶奶說的應該就是公園裡常見的健身設施。

「下次我帶奶奶去好了！」

「去哪？」

「遊樂園啊！」

「妳說高級公園喔。」

「對啦對啦！」說完，祖孫兩人哈哈大笑，那一瞬間，倩羽感覺，就像坐在臺南老家三合院的大廳裡一樣，她們一邊喝著奶奶自製的冬瓜茶，拿著涼扇一邊開心聊天的樣子。

兩人的笑聲傳到了客廳，爸爸、媽媽與姑姑見狀，內心都十分感動。

「也許，小羽是幫助媽的一大關鍵喔。」姑姑輕聲的看著爸爸說。

「阿和，一切都拜託你了，我也會常常上來看媽。」

「阿晴，這兩個月要麻煩妳辛苦一陣子了，真的很不好意思！我有空會再過來的。」

「阿姐，別放在心上，先將工廠的事情處理好吧。」楊雅晴拍拍姑姑的背，要她放心，不要想太多。

「謝謝你們。」不久後，姑姑就離開去搭高鐵了。

✿

那一晚，倩羽和倩瑋出門倒垃圾，回家後看到一位穿黑色風衣的男子，望著他們家的方向抽菸。那人的臉上有一道長長的刀疤，怪可怕的。

「姊姊，那個人是誰啊？」倩瑋用小手一直磨著倩羽的衣服。

「我哪知道。」她不以為意的回答。

「看起來好像很壞的流氓。」倩瑋繼續用手摩擦倩羽。

「妳在做什麼啦！吼，妳這小鬼！」原來，倩瑋的手會一直在姊姊身上摸來摸去，是想要擦掉身上的垃圾水。

倩瑋調皮的吐了吐舌頭。

「妳很髒，很噁心耶！」倩羽氣得大叫。這時候，她突然可以明白，媽媽為什麼有時候會叫妹妹小惡魔的原因了，妹妹就是如此的奸詐。

「人家又不是故意的。」看到姊姊生氣了，倩瑋立刻露出了無辜的表情。

「最好是啦！妳下次再這樣我可不饒妳！」倩羽帶著威脅的語氣說。

「遵命！」

「遵妳個大頭！」倩羽看著被垃圾水沾濕的衣角，一把怒氣實在不知道該往哪裡放。

她們離黑衣人越來越近。

兩人心中似乎都感到了相同的恐懼，不禁放慢腳步。

黑衣人持續盯著樓上看，倩羽覺得他看的地方，的確就是自己的家，可是她從來沒有看過這個人，印象中爸媽也沒有這樣的朋友。

「好像黑道。」她在心裡打了個寒顫。

他們鼓起勇氣，從黑衣人的眼前經過。

黑衣人一看到她們兩個，立刻把手中的菸蒂丟在地上，隨便胡亂的亂踩一通，接著馬上快跑離開。姊妹兩人當場傻眼。

「欸，看樣子他怕的是我們。」

「我們長得很恐怖嗎？」倩瑋摸摸自己的小臉蛋看著姊姊。

「算了，就當是個怪人就好，反正他沒有傷害我們。」倩羽聳聳肩。

回家後，她們告訴爸媽樓下出現黑衣人的事情。不過，因為那人也沒做出什麼奇怪的舉動，即使要報警也不知道該怎麼說，況且也不曉得黑衣人現在在哪裡。

不曉得為什麼，倩羽突然想起了卡通《名偵探柯南》裡面的黑衣人，那個可怕的地下組織，該不會自己的家，正被列入什麼恐怖計畫裡面的一部分了吧？奶奶的失智症，是不是吃了奇怪的藥才會發生呢？如果是，可以從黑衣人的身上偷到解藥嗎？

想著想著，她忍不住笑了出來。

但是，如果真的有，她反而希望，能喚起奶奶記憶的藥，真的存在。

四、受傷

二〇〇五年七月十五日

轉眼間，暑假已經過了兩個星期。

跟以往不一樣的是，今年我沒有回臺南過暑假，原本覆蓋的藍天白雲和綠油油的稻田，現在變成了被高樓大廈遮住的小天空，缺少了輕鬆自在的感覺。

自從爸爸上星期回公司上班之後，照顧奶奶的擔子一下子就落在媽媽身上，看她整天忙進忙出的，我和妹妹也難得會主動幫她做一點家事，像是擦擦地板、洗洗碗、倒垃圾等，偶爾會幫忙曬衣服，順便在陽臺偷偷玩水，解解酷熱的感覺。

每天傍晚時，如果奶奶的狀況不錯，我跟妹妹就會牽著她到附近的河濱公園散步，奶奶總是吵著想要騎腳踏車，我們總是要花好大的力氣才可以分散她的注意力。我跟奶奶說，黃昏的夕陽好像一顆大蛋黃，很像以前在臺南的時候她親手煮的雞肉飯，上面那顆又圓又黃的蛋黃。奶奶聽了之後，笑著說：「貪心鬼，回家馬上做給妳吃。」我跟妹妹，立刻開心的手足舞蹈。

結果一回到家，奶奶看到正在煮飯的媽媽，突然嚷嚷著媽媽偷穿她的圍裙，氣得直跺腳，不管媽媽怎麼解釋，奶奶就是不相信，這時我靈機一動，打電話給阿春阿嬤，告訴奶奶她打電話來找她聊天。好險！奶奶一聽到阿春兩個字，表情立即從憤怒轉為開心，情緒一百八十度大轉變，接著就笑嘻嘻的去講電話了。

我的每一天，看似平凡簡單，其實也很忙碌。

當然，奶奶完全忘記了荷包蛋與雞肉飯的事情，我和妹妹也很有默契的不再提起。

✿

打從倩羽開始唸書以來，這絕對是她最認真寫暑假作業的一年，由於是每天的日記，她一定會鉅細靡遺的描述，好像當成是一個抒發情緒的管道。

這天，她剛放下筆，媽媽突然在房間門口大喊：「小羽，電話！」

「誰啊？」

「好像是婷玉喔。」

「喔！」倩羽顯得有些驚訝，平常聯絡她的人都是柏勳。

她急忙走到客廳裡，拿起放在桌上的話筒。

「喂！」

「倩羽嗎？我是婷玉啦！」

「嗯嗯，我知道，怎麼了嗎？」

電話那頭的婷玉，先清清喉嚨，然後有點鄭重的問：「暑假作業裡的自然報告妳寫了嗎？」

「哈，當然還沒，連要做什麼我都還沒想到呢！」倩羽老實的回答。

「真的啊，那妳要不要跟我一組？」婷玉開心的說。

倩羽心裡想著：「太棒了，跟婷玉這個優等生一組最輕鬆了，而且什麼都不會擔心，她都會做好了。」正當她這麼想的時候，突然想到了柏勳，她趕緊問：「對了，那柏勳呢？」

「喔，他說我的題目太無聊了，所以他跑去和男生們一組了，說要去山上觀察昆蟲，妳也知道我最怕這種東西了。」婷玉有些難為情的說。

倩羽有種不好的預感。

「那妳的題目是什麼？」倩羽在心裡暗自祈禱，千萬不要是什麼無聊的題目，說真的她還比較想跟柏勳他們一起去山上抓昆蟲。

「土壤！」婷玉強而有力的回應。

「蛤？」倩羽一頭霧水。

「正式的題目是：『什麼樣的土壤，可以使綠豆快速發芽』？」婷玉宣布。

「蛤？什麼意思？」倩羽仍舊搞不清楚狀況。

「就是，把綠豆放在不同的土壤、沙子裡面，然後觀察哪一種發芽的速度最快，做紀錄。」婷玉再次解釋。

「就這樣？」

「是的。」

「會不會有點簡單？」

「怎麼會呢，我們要花三十天的時間觀察耶。」

「喔，那好吧。」

「那就說定囉，掰掰！」婷玉確定倩羽的意願後，就掛上電話。

掛上電話後，倩羽心裡想著，這真不愧是婷玉定的題目，既簡單又不會弄髒手，不過，婷玉是自己的好朋友，跟她同一組是應該的。

「唉，我想，就算不會做作業，還是跟柏勳他們去山上走走好了。」倩羽不由得喃喃自語。

積極的婷玉，隔天立刻把倩羽負責的部分送到她家，並仔細囑咐倩羽應該要注意的地方：「妳負責紅土、海灘的白沙和石頭塊，我負責泥土和衛生紙，我們分別把綠豆種在上面，再觀察它們的成長與發芽情形，然後我已經決定，妳只要做觀察就好，報告我來寫，所以妳觀察三種、我兩種！」

說完，婷玉自己滿意的點點頭。

「那個……」倩羽作勢舉手發問。

「嗯嗯，有問題嗎？」婷玉睜大眼睛，認真的看著她。

「我想問，為什麼要把石頭當作研究的材料之一？」

「因為要觀察啊。」

「我知道啦，但想也知道，石頭根本沒辦法讓綠豆發芽，對吧？」

倩羽露出眉頭深鎖的樣子。

「哎呀，說不定會啊，而且觀察五個感覺比較厲害。」婷玉回答。

「喔，那好吧。」

「就拜託妳囉！」婷玉拍了拍倩羽的肩膀，接著突然低聲在她耳朵旁邊問：「那妳最近還好嗎？」

「我？」

倩羽想了好幾秒，才知道婷玉想問的問題。

「唉，我也不知道，奶奶時好時壞的，好的時候好像都沒事；壞的時候，有些事情想到還是令人感到難過。」

「真是辛苦妳了。」婷玉對她露出溫柔的笑容。

「謝謝妳。」

「小羽，雖然我沒辦法幫妳分擔煩惱，但如果想說話，可以隨時打給我沒關係喔！」

「婷玉，妳真好。」

「當然，我們是好朋友啊。」

「嗯嗯！」倩羽用力的點點頭，偷偷擦去眼角的眼淚。

「還有柏勳，有任何問題都可以找我們唷。」說完，婷玉給了倩羽一個大大的擁抱，趁著奶奶還在睡午覺時，婷玉趕緊回家，以免奶奶醒來看到不認識的人會感到不安。雖然倩羽以前常常跟奶奶提起自己的好朋友，但在不確定奶奶是否記得的情況下，她們決定還是不要冒險。

婷玉回家後，倩羽決定立刻開始做實驗，即使心裡仍覺得這項作業有點無聊，但婷玉關心她的用心，讓她感到心頭暖暖的，決心將作業做好，不要帶給朋友麻煩。

✿

「媽，我回來了。」

推開木門的，是一位白髮已經占據頭皮一半的中年男子，嘴唇上方還有兩道明顯的八字鬍。

老婦人正用雙手，翻炒著大鍋裡的芝麻，由於火炒的聲音很大聲，使她沒聽到兒子的呼喚。

男子默默的走向母親面前，這時老婦人感覺有人接近，才將頭抬起來，這一瞧心頭立刻一驚：「是你……」

但老婦人很快的板起面孔，假裝男子不存在的繼續翻炒芝麻。

「妳要做麻油嗎？」男子問。

老婦人不回答。

「以前，我們最期待妳做麻油，這就表示過年快到了，我們又有一年一次的麻油雞可以吃了。」男子閉上眼睛，好像回到了從前的童年時光。

老婦人依舊面不改色，裝作沒聽見。

「媽，我這次回來是想告訴妳，我準備去日本了。」男子斬釘截鐵對母親說。這時，原本沒有任何反應的老婦人，突然用力的將手中的鍋鏟丟到兒子身上。

「你還好意思說！」她憤怒的樣子，至今仍能讓男子感到幾分畏懼。

「媽，妳聽我說，等我發達了以後，我會接妳過去一起住，我們就再也不用住在這幢老舊的三合院了。」男子連忙解釋。

「我不去！」

「媽……」

「你連你爸爸的最後一面都沒見到，這樣對得起他嗎？」老婦人氣得重重的往一旁的籐椅坐下，用指責的眼光看著兒子，語帶嚴厲的說：「你也四十好幾了，五年前你什麼話都沒有說就離開，大家找了你好久，三個月後你才打電話說你在臺北，然後就再也沒有回來。」

「媽，我知道妳很生氣，但是我這次是認真的，請妳相信我。」他懇求著說。

「認真？這句話我早就聽膩了！」

「再給我一點時間，我保證……」話還沒說完，老婦人一個巴掌立刻打過來。男子摸著疼痛的臉頰抬起頭，看到的是母親老淚縱橫的面容。

「你可以不要再離開了嗎？」老婦人淚眼汪汪的望著兒子。

他看著母親，心裡覺得好心疼，可他心中也明白，這次的海外投資是他最後的機會，等到他穩定一點，一切都安定好後，他就打算將媽媽接到日本住，好彌補這幾年沒有在她身邊孝順她的時光。

「媽，我一定得去。」男子堅定的說。

老婦人抹一抹臉上的淚水，轉過頭說：「去了就再也別回來，以後也不用叫我媽了。」

「媽，對不起，我一定會回來的。」說完，男子跪下來，向母親磕了三次頭，便站起身準備離開。

老婦人見狀，馬上追過去在兒子身後大喊：「你給我回來！」

✿

「你給我回來！」奶奶站起身來大吼。

砰！砰！

正在房間寫作業的倩羽，突然聽到奶奶的聲音，和不尋常的撞擊聲，似乎有什麼東西掉到樓梯間。

「奇怪，發生什麼事了？」

她還來不及反應，就聽見媽媽的聲音：「我的天啊！」

倩羽嚇得立刻放下原子筆，衝到客廳。

出了房門，她看見了正站在樓梯角落、表情驚慌的媽媽和妹妹，還有散落一地的水果。

「怎麼回事啊？」

「啊！奶奶！」

只見奶奶嬌小的身影，倒在樓梯間，她睜大了雙眼，面無表情，口中還喃喃自語：「阿明，阿明你不要走……不要像阿春一樣丟下阿母……」

「阿明？誰是阿明？」

倩羽看著因為跌倒而忍受疼痛又受盡驚嚇的奶奶，心裡納悶著，從來沒有聽過她提過這個人，還有，阿春又是誰？

「媽！」

楊雅明飛奔到樓梯間，把手放在奶奶的肩膀上，並拿出手機撥了一一九。

「小羽，打電話通知妳爸爸。」

接下來發生的事情，包括醫護人員何時趕來，是怎麼將受傷的奶奶攙扶到樓下，坐上救護車，倩羽一點印象也沒有，只依稀的記得妹妹倩瑋對第一次搭救護車的驚奇，除此之外，除了「震驚」與「不知所措」外，她沒有任何的想法。

五、幻視

「這是幻視的現象。」奶奶的主治醫師劉德威仔細的分析。

「幻視？」羅友和疑惑的問。

「據您的女兒描述，羅老夫人在跌落樓梯之前，曾經大聲的吼叫，好像正在對什麼人說話，很有可能是她誤以為看到了誰，所以情緒突然激動起來。」劉醫師解釋。

楊雅晴坐在丈夫旁邊，緊緊握住他的手。

「還有呢？」羅友和面無表情的看著醫生。

「還有什麼？」

「我媽還會發生什麼莫名其妙的事？」

「友和，你冷靜一點。」看到丈夫情緒的大起伏，楊雅晴立刻安撫他。

「她現在記憶已經完全錯亂，有時候還會忘記瓦斯爐怎麼開關、鑰匙怎麼插入孔內、抹布要怎麼擰，醫生你說，情況只會越來越糟糕對吧？」羅友和語無倫次的說完這句話。

劉醫師推推鼻樑上的眼鏡，嘆了一口氣後接著說：「站在醫師的角度，我必須很遺憾的告訴您，失智症無藥可醫，而且隨著罹患的時間越長，患者的狀況也會越來越不穩定，到最後甚至喪失了所有生活自主的能力，完全要依靠他人的協助。」

楊雅晴堅定的點點頭，好像早就已經準備好要面對這一切。

「開什麼玩笑，你醫生怎麼當的啊？」羅友和生氣的衝出這一句話，話一說出口，他立刻被自己嚇到。

「友和……」

楊雅晴對他投以責備的眼光。

但劉德威醫生並沒有露出任何不悅的表情。

「對不起……我得出去透透氣。」

說完，羅友和一個人離開了診間，留下妻子繼續和醫生討論母親的病情，以及應該治療的方法等等。

炎熱的夏天，讓在醫院頂樓的羅友和滿身大汗，還好不時有微風吹過，即使依舊是熱風，但至少不會這麼悶熱。

他望著遠方的一〇一大樓，前兩年，他老是嚷嚷著要帶母親到觀景臺，讓她瞧瞧臺北的風景，帶她四處遊山玩水，享受老年生活。

只可惜，這些心願都因為忙碌這個藉口，一次又一次的延後，現在母親病了，他能做的，也只有竭盡所能的陪在她身邊，至少讓她的生活能順利一點。

「爸，你在在天之靈，可要保佑媽啊。」

羅友和雙手合十，對著天空輕聲的說。他有點意外，從來不相信怪力亂神的他，竟然也有祈求神明的一天。也許，當人在面對困境的時候，宗教就是最好的慰藉吧。

「啊，我必須因為剛剛的無禮，去跟劉醫師道歉。」他在心裡想著。

當他準備下樓時，天空忽然劃出了一道閃電，在無預警的情況，下起了傾盆大雨，還好他跑得快，已經躲到屋簷下了。

「連天空都要跟我作對！」他暗自在心裡抱怨著。

✿

「姊姊，妳在做什麼？我也想要畫畫。」倩瑋一手拿著蠟筆、一手拿著仙貝，看著在家裡忙進忙出的倩羽。

「瑋瑋妳去旁邊玩，我在做小圖示，這些可以提醒奶奶，有些東西的用法，可以再次避免意外發生。」她頭頭是道的解釋。

「我可以一起畫嗎？」

「好啊！」

「那我要畫什麼？」

「這幾張，妳幫我著色好了。」

於是，她遞給倩瑋兩張已經用色鉛筆描畫好的圖畫。

第一張是畫有魚、肉、蛋、青菜的圖畫；另外一張則貼著畫有冰塊、水餃、中藥材的圖示，她打算把這兩張畫貼上冰箱上下層的門外，這樣可以提醒奶奶上下層冰箱應該要放的東西，她發現最近奶奶老是放錯。

另外，她也在廁所洗手臺上貼上貼紙，靠近熱水的牆上是叉叉、靠近冷水的地方是圈圈，預防奶奶搞錯而燙傷。

「還有什麼我漏掉的呢？」

倩羽眉頭深鎖，陷入思考中。

「但是我用圈圈叉叉，奶奶會不會又忘記它們的意思。」

想到這裡，倩羽不禁悲從中來，她不知道該用什麼樣的心情來看待奶奶，即使樣貌沒變，身體還是一樣硬朗，可是隨著種種不正常的行為增加，她似乎也漸漸感覺到，奶奶很難再回到以前的樣子了。

爸爸剛剛打電話回來，說奶奶的右手肘骨折了，本來情緒很不穩定，吵著要回家，後來護士打了一記鎮定劑，現在已經睡著了，大概會住院兩三天。

媽媽晚點會回家帶她們去醫院看奶奶，要姊妹倆先看好家。

「這次摔傷了右手肘，希望下次不要再有這樣的情況發生。」

「不過，奶奶到底是想到誰或是夢到誰，讓她氣到大吼還跑出家門呢？」正當倩羽想著這個問題時，倩瑋說話了。

「姊姊，意外是什麼？」

「就是不是預期中，會發生的事情。」倩羽不禁訝異妹妹追根究柢的精神，原來剛剛她都一直在想這兩句話的意思。

「預期又是什麼？」

「嗯，就像媽媽買了冰淇淋甜筒給妳，妳還沒有吃，冰淇淋就掉到地上了一樣。」倩羽舉了一個真切的例子。

「聽起來好難過，沒有冰淇淋我會想哭。」

「冰淇淋掉到地上，就是意外，因為妳沒想到冰淇淋會掉下去，這樣就吃不到了！」

「我不喜歡這個例子。」倩瑋惱怒的嘟著嘴。

「我有什麼辦法，不這麼做妳又聽不懂。」

「那可以是青椒掉了，不要是冰淇淋嗎？」

「哈哈哈！可以，只要妳高興就好。」倩羽忍不住笑了，因為妹妹最討厭的食物就是青椒。

就在這時，窗戶傳來了大雨落下的聲音。

「糟了，下雨了！」

倩羽立刻跑到陽臺收衣服，萬一沒有收讓衣服都濕掉，媽媽回家後一定會罵人的。

當她收到一半時，低頭往樓下一看，上次去倒垃圾遇見的黑衣男子又站在樓下，往家裡的方向看，當男子發現倩羽時，露出了驚恐的表情，隨後立刻跑走。

「黑衣人！」

倩羽驚訝的喊了出來。

「黑衣人，你別跑啊。」

但黑衣人真是來去匆匆，一下子就離開了她的視線。

倩羽心中冒出了一個不好的預感。

夏天的月亮總是特別明亮，在這個夜黑風高的夜晚，即便是在醫院，羅友和仍然覺得身體十分舒暢，夜晚清爽的微風，趕跑了今日一整天奔波的疲勞，此時此刻，他只想好好的看著窗外。

奶奶睡著了，她的臉看起來還是一樣和藹，似乎什麼事情都沒發生過一樣。右手肘已經打上了石膏，上面已經有倩羽和倩瑋兩個小孫女的簽名，以及早日康復的字樣，可愛的倩瑋還在石膏上畫了自己最喜歡的小熊娃娃，跟奶奶說：「讓我最喜歡的熊熊泰迪陪奶奶睡覺。」

不知不覺，羅友和越來越想睡覺，他揉了揉惺忪的雙眼，躺在奶奶病床旁邊的小床，看著母親靜靜的樣子，回想起小時候和大家擠在大床鋪上睡覺的畫面。

他有多久沒有好好看著自己的母親了呢？沉浸在回憶中的他不久後，伴隨著似夢非夢的情境，進入了真正的夢鄉。

凌晨三點鐘，病房的門被打開了。

躡手躡腳走進來的，是一位黑衣男子。

「媽，對不起，我來晚了。」

「妳還好嗎？」

男子看著小床上熟睡的羅友和，小心翼翼的不驚動他。

「我現在發達了，結果妳變成這樣，妳會記得我嗎？」他輕聲的喃喃自語，然後拿出了一小把朱槿，插在櫃子上的小花瓶裡。

「我一直沒有忘記我對妳說的承諾……」

「事情怎麼會變成這樣……」

男子忍不住痛哭失聲，但隨即又強忍住淚水，他可不想讓羅友和發現了自己。

這時，奶奶的雙眼突然張開。

「阿明。」奶奶發出了沙啞的聲音。

「媽……」男子驚訝的看著奶奶。

這時，羅友和開始翻身，嚇得黑衣男子不顧奶奶的呼喚，再次躡手躡腳的奪門而出。

「阿明，我的阿明……」羅林鳳珠望著男子的背影，兩行眼淚流了下來。

✿

奶奶的啜泣聲，吵醒了羅友和。

「媽，妳怎麼啦，是不是做惡夢了？」從熟睡中驚醒的羅友和，擔憂的看著母親。

「阿和，我看到阿明了。」

「阿明？妳是說阿明哥哥嗎？」

奶奶點點頭。

「不可能啦，媽妳一定是看錯了，他不可能出現在這裡，況且，他已經好幾年沒有出現了。」

「我真的看到了。」

「就說不可能了……」

講到一半，羅友和突然想起了劉醫師早上說的「幻視」症狀，也許奶奶剛剛，就是出現了這種情形，醫生有說，不能一味的否定患者，要陪她「一起演」會比較好。

「你不相信我嗎？」

「相信，我相信！」羅友和立刻改口。

「那麼，媽是在哪裡看到他的？」

面對兒子的問題，奶奶指著病房的門口。

在反覆的對話中，羅友和確信，這個夜晚將會十分的漫長。

六、到訪

二〇一五年七月十九日

沒有在臺南過暑假的日子，好像過得特別慢，天天寫日記，除了記錄奶奶的病情之外，好像也沒有什麼有趣的事情。今天是奶奶從樓梯跌下來的第三天，爸爸不眠不休的在醫院陪在奶奶身邊，很怕她做出危險的舉動，我和妹妹則是在家幫忙媽媽分擔一些家務。媽媽說，還好她是學校老師，能跟我妹一起放寒暑假，否則她現在肯定蠟燭兩頭燒，忙到焦頭爛額。

今天姑姑跟姑丈一家人要上來看奶奶，爸爸好像希望姑姑能多留幾天，多陪奶奶說說話，據我們所知，姑姑是奶奶唯一會說真心話的對象，或許同樣為女人，所以只敢在她面前表現最真實的自己。不過，那個討人厭的姑丈也要一起來，我就覺得不是很開心，總覺得他是一位自私又勢利眼的人。

對了，我準備了很多小標示和圖片，希望可以對奶奶的生活有幫助，等她回來看到了一定會很高興的。

✿

一看到姑丈那張臉，就讓倩羽不由自主的想到卡通《哆啦A夢》裡面的小夫。家裡很有錢，可是欺善怕惡，常常和胖虎一起欺負大雄，或是炫耀自己的新玩具。還有那張長得像狐狸的臉，姑丈簡直將這個角色扮演的活靈活現，倩羽和倩瑋，私底下都稱他為「小夫姑丈。」

「媽才來你們家兩個星期，馬上就跌倒了。雅晴，不是我在說妳，妳都沒有在注意嗎？」姑丈劈頭就責備起媽媽。

「我當時出門剛回來，也嚇了一跳啊……」媽媽連忙解釋。

「話不是這麼說，媽現在不是一般人，妳怎麼可以讓她和倩羽一起待在家？」姑丈依然兇巴巴的質問。

「老公……」姑姑用力的拉著姑丈的衣角，似乎是想提醒他不要太激動。

「這件事是意外。」媽媽強而有力的說。

「哎呀，意外？」姑丈冷笑了一聲，接著說：「這次是從樓梯摔下來，改天從頂樓摔下來，也算是意外嗎？」

聽到這句話，倩羽一把火都冒上來了，她真的非常想要插話，但她又怕自己的衝動，反而會害爸媽又被嘲諷一番，說他們有個不懂事、不禮貌的女兒。

「姊夫，你摻雜太多個人情緒了，我拒絕跟你繼續交談。」說完，媽媽甩頭就走，並說要去廚房為大家泡茶。

倩羽不由得在心裡拍手叫好：「媽媽真是太帥了！」那瞬間，她看見爸爸好像也偷偷比出「讚」的手勢，假裝在看電視的倩瑋，也摀著嘴巴偷笑。

「講個幾句都不行，所以我就說老師很臭屁。」姑丈故意喃喃自語，目的就是要讓爸爸聽見。

「適可而止了，姊夫今天來，不是要找我們吵架吧。」爸爸話鋒一轉，將話題拉回來，阻止姑丈繼續調侃下去。

「也是。」他抓了抓頭頂那頭亂七八糟的頭髮，和小夫那頂奇怪的飛機頭有著異曲同工之妙。

「媽現在在醫院嗎？」姑姑終於說話了。她的樣子看起來很疲累，比倩羽兩個星期前看到她還要瘦。

「是啊，醫生說觀察兩三天，沒問題就能出院了。不過，因為手肘現在打著石膏，需要注意的地方就變多了，我跟雅晴打算將她送到日照中心，我下班後再順道去接媽回家。」爸爸說出了自己的想法。

「況且，我覺得中心那些受過訓練的護理人員，照顧媽會比較合適。」媽媽從廚房端出了一壺熱茶，往姑姑桌子上的杯子倒入。

「只不過，媽會不會怕生啊？」姑姑擔心的問。

「唉，這也是沒辦法的，待在家裡我們太不放心了。如果在那邊，白天有專業人士照顧，至少可以避免更多的意外發生。」媽媽回答。

爸爸點點頭，然後補充：「而且，那邊離我們家很近，倩羽和妹妹正在放暑假，想找奶奶的時候，隨時可以過去陪她。」

「基本上，我們認為這是現在最好的方法。」媽媽附和著。

倩羽忍不住將眼神飄向小夫姑丈，她下意識覺得，這個人絕對又會說出很不好聽的話。

果不其然，姑丈一開口就說：「完全就是不負責任的做法！」

「不然姊夫有更好的提議嗎？你願意讓媽回到臺南老家，然後就近照顧她嗎？」爸爸也不甘示弱的回應。

「這可不行，我的工廠很忙碌了，而且你大姊也得幫我的忙。」

「那可以請姊夫尊重我們的安排嗎？」這次說話的是媽媽。

「我說的可都是事實！」

「姊夫，請不要強人所難。」

「我認為你們應該把媽留在家裡照顧，雅晴，別當老師了，專心做個家庭主婦不就好了嗎？賺錢這種事，交給友和就好了。」姑丈說出這句話後，所有人頓時鴉雀無聲。

現場突然一陣尷尬，就連姑丈都感覺到自己說錯話，一直對姑姑使眼色。

「嗯，我老公不是那個意思啦……」姑姑用極為畏懼的眼神看著爸爸和媽媽。

「沒有付出的人，沒資格說話。」倩羽不經考慮就說這句話。

「倩羽……」媽媽訝異的看著她。

「沒有付出的人，沒資格說話！」

「沒有付出的人，沒資格說話！」

「沒有付出的人，沒資格說話！」

倩羽像是氣到火山爆發一樣，一口氣說了三次，而且一次比一次大聲。

「姑丈，我知道我現在很沒禮貌，但是，我覺得你更沒禮貌！」她覺得自己心跳得好快。

「妳說什麼鬼話？」姑丈不敢置信的看著她，這個樣子就像小夫發現大雄竟然會打出全壘打的表情一模一樣。

「姑丈根本沒有照顧到奶奶，沒有資格批評我們！」倩羽說完後，氣沖沖的衝回房間，然後用力的把門關上。

她一直哭一直哭，不禁想到，要是奶奶在的話，姑丈才不敢這樣對爸媽說話，明明什麼忙都沒幫上，也不照顧奶奶，為什麼可以任意的批評、評論他們一家人，然後再說自己工作忙無法幫忙，這樣算什麼？

倩羽躲在被子裡哭，隱隱約約中，她感覺房門被打開了。

她用手揉了揉沾滿眼淚的雙眼，掀開棉被，但站在房間裡的人，竟然是姑姑。

「姑姑對不起，我不應該這樣對姑丈說話。」倩羽率先打破沉默。

「沒關係，他的確太過份了，是我也會很生氣的，沒有人喜歡自己的媽媽被隨便亂罵，對吧？」

倩羽沉默不語，只是低著頭，看著自己的腳趾發呆。

「也是因為姑丈不同意，所以奶奶才會大老遠從臺南過來臺北，我心裡始終很過意不去。」姑姑說。

「奶奶以前常說，姑姑是自己唯一能傾訴的對象。」

聽到倩羽這麼說，姑姑不由得眼眶泛紅。

「是啊，畢竟我是她唯一的女兒嘛！」

「姑姑，可以多待幾天陪奶奶嗎？我想她一定會很高興的。」

「小羽，我後天就要回去了。」

「怎麼不多待幾天呢？」

「事實上，姑丈的工廠出了一點狀況，我得回去幫忙處理。對不起，我們真的很自私吧。妳姑丈的情緒會這麼激動，也和工廠的事情有關。」

倩羽搖搖頭，微笑著說：「奶奶她不會怪妳的。」

姑姑嘆了一口氣說：「媽這個人，辛苦了一輩子，有苦只會往心裡吞，受了委屈也從來不說。現在得了這樣的病，很多事情都記不住了，對她來說，這樣會不會比較快樂呢？」

「可是，奶奶還沒有全部忘記。」

「這倒是真的。」姑姑也露出了笑容。

這時，她看見倩羽書桌上的蠟筆和圖畫，便問她這些是做什麼用的。

「那個是要給奶奶看的。」倩羽解釋著這些圖案與圖畫代表的意思，希望能藉此提醒奶奶，以防意外再次發生。

「小羽，奶奶總說，妳跟她特別像。」

「真的嗎？」倩羽瞪大著眼睛問。

「她說，妳跟她小時候一樣，個性很倔強，不輕易認輸。還有，明明是個臺北小孩，可是卻這麼喜歡來臺南，跟那些每天低頭滑手機、打電動的小朋友好不一樣呢！」

「奶奶真的這麼說嗎？」倩羽覺得心中有著說不出來的溫暖。

「真的，她甚至說，她喜歡妳勝過羅強呢！」

「奶奶……」倩羽的眼眶再次濕潤了。

「來，這個給妳。」姑姑從脖子上拉出了一條玉珮項鍊。

「這是……奶奶的？」

「沒錯，我決定把它送給妳。這是羅家世世代代傳下來的，前陣子奶奶應該是發現自己身體不大對勁，突然把玉珮給我。」姑姑解釋著。

「這樣好嗎？」

姑姑微笑回應：「把它給妳，奶奶會很放心的。」

「謝謝姑姑。」倩羽對姑姑投以一抹清新的笑容。

「記得要收好喔！」

倩羽用力的點點頭。

姑姑站起身來，伸了個懶腰，然後說：「我跟姑丈今天來，主要就是要討論奶奶去日照中心的事情。姑丈不同意，其實也是希望家人能陪在奶奶身邊，妳不會怪他吧？」姑姑擔心的看著倩羽問。

「姑姑，我等一下會去跟姑丈道歉的。不管怎樣，他是長輩，我剛剛真的很沒禮貌。」

姑姑點點頭。

這時，媽媽跟倩瑋也進門了，他們說要一起去醫院探望奶奶，要順道繞到市場去買奶奶喜歡吃的芒果。

「嗯！我也一起去！」倩羽熱情的回應著，手裡緊緊抓著那塊屬於奶奶的玉珮。

✿

當晚，倩羽一家人和姑姑在醫院病房辦起了辦桌，爸爸買了好多奶奶喜歡的菜，跟她說今晚是羅家的年夜飯之夜。姑丈則是說南部還有事，要先搭高鐵回去，倩羽也找機會和他道了歉。

「妳知道就好，沒大沒小的孩子。」可想而知，姑丈還是那副盛氣凌人的樣子。

「姑丈，真的很對不起，下次也請你要還要過來看奶奶。」

「為什麼？妳應該不想看到我吧？」

「是不太想，但我覺得，奶奶會想看到你。」

「妳怎麼知道，又是妳自己的猜想吧！」

「才不是！」

「不然是怎樣？」

「奶奶喜歡我們團圓，看著大家聚在一起的樣子。每一年過年圍爐吃年夜飯，她的笑容，遠遠勝過暑假時我過去找她的時候。」倩羽大聲的說出了自己的想法。

「哈哈，我還以為是什麼了不起的定論，我得走了。」說完，姑丈便揹起包包，準備搭高鐵回臺南處理工廠的事情。

雖然姑丈到最後還是不給她好臉色看，但倩羽也不想再生氣了。她心裡很明白，奶奶不會喜歡她跟任何一個家人鬧得不愉快吧，就當是姑丈生意不順利，所以才會有這些惡言相向的反應吧！

倩羽看著正在吃著紅燒肉，笑得合不攏嘴的奶奶，心裡這麼想著。

忽然，倩羽看到病房門口閃過一道黑影，她嚇了一跳，下意識的揉揉眼睛，再次張開眼睛的時候，黑影已經不見了。

「奇怪，難道是我的錯覺嗎？」倩羽自言自語的說。

「妳是在喃喃自語什麼，再不吃，妳的滷蛋就給我吧！」爸爸作勢要夾走倩羽碗中的滷蛋。

「不要啦！」倩羽故意裝出生氣的聲音。

「那還不趕快吃！」爸爸催促著。

「知道了、知道了。」倩羽拿起碗筷，準備開始吃飯。她心裡不禁想著，也許最近因為奶奶的事情，加上無法回南部過暑假導致心情太糟了，才會老是覺得上次看到的奇怪黑衣人，正在處處監視著自己。

「改天來找柏勳和婷玉出來聊聊天，吐吐苦水好了，順便請他們的暑假作業借我看一下，數學習題我都不會寫。」倩羽正在心裡打著如意算盤。

「小羽，妳在發什麼呆啊？」媽媽在她前面揮揮手。

「啊，我要吃飯了！」說完，倩羽立刻夾起滷蛋，大口的咬下。

七、說故事

兩個星期後，奶奶可以出院了。

「懷舊療法？」羅友和疑惑的坐在醫院診間，看著面前的劉德威醫師，他們正在討論未來除了藥物以外的治療方式。

「沒錯，利用患者熟悉的事物，來喚起或是保護她的記憶力，藉此幫助患者記憶力不要太快退化。」劉德威醫師解釋著。

「那我可以怎麼做？」其實，羅友和仍然感到一頭霧水，從他面無表情的臉色就看得出來。

「您母親，有沒有什麼特別喜歡的東西？」劉醫師認真的問。

「喜歡的東西，喜歡吃西瓜算嗎？」

「除了對飲食的喜好外，還有沒有別的？」

羅友和閉上眼睛，說來慚愧，他似乎對母親喜愛的事物不太了解。

看著他苦惱的樣子，劉德威醫師又說話了：「比方說，她特別喜歡的明星是誰？或是年輕時會去哪裡玩？最喜歡的一件衣服？最會唱的一首歌？」

「找到這些答案，並帶著她接觸，讓她回憶起從前快樂的時光。」劉德威仔細的說明著。

「喔喔，這樣我大概了解了！其實，就是帶著媽媽，去接觸她年輕時熟悉和喜歡的事情，對吧？」羅友和問。

劉德威點點頭，接著說：「這是非藥物的療法，許多醫學研究指出，懷舊療法能有效延緩失智症的病情。當然，這方面也要病患家屬的全力配合與協助，多一點用心與耐心，試著去了解她從前的生活，並深入其中，所以，羅先生你們一家人的照顧與關心，對羅奶奶來說，是非常重要的。」

「關於這點，我想不需要擔心。我兩個女兒和我媽媽的感情都很好，我太太是小學老師，對失智症也有一定的了解，由她們來陪伴，我很放心。」羅友和在不知不覺中，大大誇讚了自己的妻女。

「這樣很好，聽說羅奶奶出院後會到日間照護中心？」劉德威醫師問到了重要的問題。

「是的，我想平常也得讓家人們有喘息的空間，況且等到開學之後，我還是會將媽媽送到那邊，有專人的照顧我也比較放心。」聽到醫生一問，羅友和緊張的趕緊解釋。

「羅先生，請放心，我沒有責怪您的意思，您有您的安排就好了。或許有了其他同年齡的人的陪伴，對羅奶奶來說也是一件好事。」劉醫師說。

「謝謝醫生。」

「不客氣，出院後請務必讓羅奶奶按時吃藥，去了日照中心後，記得也要囑咐志工或者護理人員正確的用藥方法與時間。」醫生再次嚴格的叮嚀。羅友和強力的點頭，再次道謝後，便離開了診間，準備替母親辦出院手續。

「媽喜歡的東西啊……」在等護士開立收據的時候，羅友和不停的想著，有什麼樣的方法能夠幫助母親。他記得父親還在世時，夫妻兩人時常一起去廟口看歌仔戲、逛夜市，和戲班裡的演員、小吃攤販都很熟，他們甚至有來參加自己的婚禮，還免費擔任了演出人員，炒熱氣氛。記得那時，倩羽的媽媽很不習慣這種「傳統」的辦桌婚禮，不過在經過各個親友的祝賀與關心後，楊雅晴也覺得這樣其實蠻有味道的，多了一份濃厚的人情味在裡面。

「我得和姊姊好好討論一下。」羅友和決定，回到家後要立刻與姊姊視訊討論這一切。

關於視訊，是倩羽教他的。

倩羽說電話費太貴了，現在大家都用通訊軟體連接網路來聯絡，不僅能聽見對方的聲音，甚至還能看見對方，重點是完全免費！想到這裡，羅友和不禁感嘆起時代的變遷，他突然想到，如果奶奶的年代就有智慧型手機，她還會喜歡看歌仔戲嗎？如果讓她學電腦，她的人生，會不會輕鬆很多呢？

載母親回家的路上，羅友和發現她像個興奮的小孩一樣，一直研究著車窗外的風景，一下說車子好多、一下說開太快好刺激、一會兒又說店家賣的滷肉飯好香、另一會兒再說臺北一〇一大樓好高，對這座城市充滿著無比的好奇。

「奶奶回來了！」爸爸和奶奶才剛出車門，倩羽就急急忙忙的跑過來，一把挽住奶奶的手。

「妳小心一點，不要把奶奶拉傷了。」爸爸慎重的叮嚀倩羽。

倩羽吐吐舌頭說：「放心啦，我拉的是奶奶的右手。」

奶奶微笑著看著倩羽：「小羽，妳好像長高了呢！」

「真的嗎？有比羅強高了嗎？」倩羽俏皮的問。

這時，奶奶的臉上露出了困惑的表情，在倩羽還來不及轉移話題的時候，奶奶便問了：「羅強，好熟悉的名字啊……」說完，她就陷入了沉思中。

「不會吧……」倩羽不由得開始責怪自己。

「媽，就是阿強啊，三哥的兒子。」爸爸保持鎮定的向奶奶解釋。

「哎呀，對對對，我這個老糊塗，怎麼給忘了呢！」奶奶笑嘻嘻的看著兒子和孫女，彷彿這件事情一點都不要緊。

「阿強啊，知道嗎？他們一家就住在老家那邊喔。」爸爸持續的說明，深怕奶奶再次忘記。

「知道了，知道了。」奶奶不耐煩的回應。

於是，三人摸摸鼻子，一語不發的上樓去。

回到家後，媽媽開心的招呼奶奶，便開始聊起最近天氣有多熱、西瓜的產地又到了種種家常便飯的話題。倩羽和爸爸，兩個人也很有默契的不再提剛才在樓下發生的事情，其實，倩羽很想再問奶奶認不認識羅強，甚至還想拿手機裡面的照片給她看，但又很怕得到不想要的答案。

「我晚上想要吃西瓜耶，現在買得到嗎？隔壁庄的水果老王會不會已經關了啊？」在雜亂的思緒中，倩羽好像聽見了奶奶問了媽媽這句話。

「媽，這裡是臺北喔，要吃水果有二十四小時的專賣店呢！」

「對喔，我現在在臺北！」

「是的是的！」楊雅晴像沒發生過什麼事情般的點著頭。

「我看我的記憶力真的變差囉。」奶奶有點自嘲的說。

「沒這回事，媽只是太累了，畢竟您才剛出院嘛。」媽媽說完後，奶奶就表示想回房間休息一下，便叫爸爸帶她回房休息。

倩羽覺得，奶奶一定也有察覺自己的狀況，但由於自己也無法分辨哪些是現在正在發生的、哪些是從前經歷過的，很多事情一定都混在一起了，她感到無能為力，也完全不曉得該如何幫助奶奶。

爸爸走出奶奶的房間後，便告訴母女三人今天在醫院裡和醫生討論的「懷舊療法」。

「倩羽，妳和奶奶的感情最好，相信妳在這部分可以幫上不少忙。」羅友和大概解釋完懷舊療法的概念後，就對倩羽這麼說著。

「我也這麼認為，妳以前每個暑假都過去，和奶奶之間肯定有許多回憶的。」楊雅晴也贊同丈夫的說法。

倩瑋看著爸媽都只對姊姊說話，也不服氣的嘟起小嘴說：「人家也可以照顧奶奶啊！」

「好好好，瑋瑋最棒了！」媽媽安撫著摸摸她的頭。

倩瑋滿意的蹦蹦跳跳了起來，接著就離開客廳到房間去了。

此時，倩羽的心裡出現了千百種的想法，爸媽說的沒錯，她和奶奶之間有好多回憶，更多的是兩個人之間才知道的小祕密，只是，依奶奶現在的情況，她該如何告訴奶奶，或是提醒奶奶，兩個人之間曾經有過的點點滴滴呢？

✿

「奶奶，我想告訴妳一個故事。」隔天一早，倩羽就對著正在看著電視連續劇《包青天》的奶奶說。

其實，這是爸爸要求媽媽要轉給奶奶看的，因為這是以前奶奶最喜歡的連續劇，最近暑假剛好在重播。聽說，奶奶最喜歡裡面的「南俠展昭」，總說他有著一張帥氣的臉、矯健的身手、濃濃的大眉毛，更是表現出他的勇敢與大器。

「故事?」此時電視正演到大俠展昭抓住壞人的樣子。

「太好了，真是大快人心啊!」奶奶突然拍手叫好，讓倩羽嚇了一跳，這一幕剛好被正在吃早餐的倩瑋看到，她忍不住偷笑。

倩羽狠狠的瞪了妹妹一眼，再次對奶奶說:「奶奶，我們兩個不是有一次也抓到了小偷嗎?」

「有嗎?妳不要吵我看電視啦!」奶奶有點不耐煩的回答。

很剛好的，奶奶一抱怨完，電視就已經開始播放預告和片尾曲了。

「哎呀，演完了啊……」奶奶的臉上，露出了失望的表情。

「嗯。」

倩羽立刻抓緊機會說:「奶奶，可以讓我說故事了嗎?」

「妳要仔細聽喔!」

「知道啦。」

這是第三天了，廚房裡面的魚總在同樣的時間消失不見。本來，那是阿珠奶奶準備給孫女倩羽加菜的菜餚，現在卻沒有了。

「奇怪，黑皮不會偷吃啊，我每天都有餵牠吃飯耶。」阿珠奶奶自言自語的說，並一邊搜尋著黑皮的身影。黑皮是住在附近的斑紋野貓，常常跑來三合院跟這些爺爺、奶奶撒嬌，討東西吃，大家看牠可愛，也覺得生活中多了一隻小寵物也沒差，便任由黑皮在宅院裡面走來走去，並輪流餵牠吃飯，替牠準備早午晚三餐。

「阿珠，我家的魚又不見了！」說話的是阿珠奶奶的好友阿春阿嬤。

「妳也是喔，到底是哪個可惡的小偷，偷走我們的魚，擺在廚房好好的，難不成魚自己長腳了嗎？」

「現在怎麼辦？」

「抓小偷啊，抓到立刻送到派出所去！」

「不過我們兩個老太婆，是要怎麼抓？」阿春阿嬤懷疑的看著阿珠奶奶。

這時，倩羽和羅強兩個正蹦蹦跳跳的跑進來。

「我也要玩抓小偷遊戲！」倩羽用盡全身的力氣，大聲的說話。

「我也要，我也要！」羅強跟著一起起鬨。

「拜託你們兩個，小聲一點，都不怕我們兩個老太婆的耳膜被你們震破嗎？」阿珠奶奶也不甘示弱的吼回去。

「好啦，不要吵了。」阿春奶奶出面制止，避免他們祖孫三人繼續吵下去。

接著，他們一行人開始在阿珠奶奶和阿春阿嬤家裡來來回回的走動，想要找尋魚被偷走的蛛絲馬跡。

倩羽和羅強發現廚房的地板上，有著一片片細小的魚鱗，而且還有點濕濕的，會這樣把魚拖著走的，除了黑皮外他們想不出還有誰。

不過問題來了，黑皮每次都來無影、去無蹤，該怎麼找到他呢？經過討論後，四個人決定等黑皮出現，然後跟蹤牠。

他們等啊等啊，將近晚上六點時，阿珠奶奶把黑皮的餐盤放在門口，裡頭擺著牠的晚餐。不久後，黑皮不曉得從哪裡冒出來，一衝出來就立刻埋頭吃飯，怎麼叫牠都沒有反應。

正因如此，他們只好看著黑皮，等牠吃完飯了。黑皮吃飽後，大家的肚子早已餓得咕嚕咕嚕叫了，但還是一直忍耐著死盯著黑皮，終於牠撐起身子，緩緩的朝門口走去，四人躡手躡腳的跟在黑皮身後，很怕一個不小心就跟丟了。左拐右彎後，倩羽發現，其實他們只是到了爺爺以前田地旁的舊雞舍，黑皮突然一個轉身，就從一旁的縫隙鑽進去了。

「現在怎麼辦？」阿春阿嬤對阿珠奶奶說。

「妳只會問怎麼辦。」阿珠奶奶有點不耐煩的回答。

「有沒有雞舍的鑰匙啊？」倩羽指著木門門口的鎖問。

「嗯……應該是在妳爺爺的房間裡，我要找找看。」說完阿珠奶奶就回去找鑰匙了。

此時，羅強和倩羽似乎聽到雞舍裡面傳來了陣陣的貓叫聲。

「阿春阿嬤，妳有聽見嗎？」倩羽問。

「沒有啊，有聲音嗎？」阿春阿嬤將耳朵貼近雞舍的木牆上，然後搖搖頭，表示沒聽見任何聲音。

「我有聽到啦，妳不能問阿嬤，她耳朵不太好。」羅強不太好意思的輕聲對倩羽說。

「對喔。」倩羽不好意思的吐吐舌頭。

不久後，阿珠奶奶拿了一串鑰匙過來，大夥一把一把試，果真將門打開了。

倩羽和羅強率先跑進去，羅強打開他鑰匙圈上的小手電筒，倩羽緊緊抓著他的手臂，兩位奶奶則表示要待在外面等他們。

羅強將手電筒掃過四周，突然出現黑皮又黃又亮的眼睛，嚇得他們叫出聲來。「啊！」倩羽大叫完立刻後悔了，因為黑皮肯定也被他們的聲音嚇到，不知道躲到哪去了。

「喵——喵——喵——」這時，一陣陣輕輕的貓叫聲又出現了。

他們遍尋著聲音找過去，一拿出手電筒一照，兩人都覺得好震驚，此時，嗆鼻的魚腥味傳過來，讓倩羽不由得反胃。原來，這裡有一隻母貓和三隻小貓，他們正細細的舔著地板上的魚，母貓一看到羅強和倩羽，立刻發出了警告的貓叫聲。小貓們身上也有類似黑皮的橘色斑紋，倩羽猜想也許黑皮就是這幾個小生命的貓爸爸。沒錯，黑皮雖然是小偷，但牠是為了要照顧家人，所以沒有錯。

倩羽決定，出去後要這麼告訴奶奶。

這件事情，後來成為了倩羽和奶奶常常拿出來說的話題。對奶奶來說，平淡的生活中，即使出現了這樣的小事情，也顯得十分特別，於是，奶奶決定和阿春阿嬤以及住在三合院另一邊的顧爺爺，一人負責養一隻小貓，奶奶還將自己的那隻取名為小土豆，因為這隻小貓很喜歡吃花生。現在，小土豆正在阿春阿嬤家，由她暫時照顧。

「奶奶妳看，這是小土豆喔！」倩羽拿出手機，找到羅強今天到阿春阿嬤家拍好並傳來的照片拿給奶奶看。

「真的耶，是土豆仔。」奶奶興奮的笑了。倩羽聽到奶奶說出土豆仔三個字，也感到非常欣慰，因為這正是奶奶對小土豆特別的稱呼。

「不曉得牠有沒有吃飽呢？」奶奶擔心的望著手機螢幕。

「有有有，羅強說，阿春阿嬤每天都把土豆仔餵得飽飽的喔。」倩羽立即解釋。

奶奶頻頻點頭，接著說：「這個小傢伙，明明是隻貓，最喜歡吃的東西竟然是花生，當初真是笑掉我跟阿春的大牙了。」

「對啊，給牠魚牠還不要耶！」

「牠還真是可愛！」

「嗯嗯！」倩羽開心的回應著。

當兩人沉浸在歡樂的氛圍裡時，奶奶突然又說：「小羽，以後可以再多說一點故事給奶奶聽嗎？」

倩羽起先是愣了一下，回過神來後馬上比出ＯＫ手勢，然後回答：「當然可以，這有什麼問題！」

八、失蹤

院長是一位戴著黑框眼鏡，留著幹練短髮，年紀大約五十歲的中年婦人。她穿著一件粉色的襯衫，配上幹練的黑色長褲修飾，看起來親切又不失威嚴。

「高院長您好，我是羅友和，先前已經有來參觀諮詢過了。」倩羽爸爸拿出一張名片，禮貌的自我介紹。

高院長接過名片，推了推眼鏡，然後伸出手說：「幸會。」

「未來還請您多多照顧我母親！」羅友和以懇求般的語氣說。

「這是我們應該做的！」高院長簡潔有力的回答。

「那就拜託您了。」說完，兩人走出辦公室，一起到樓下的大廳去。

倩羽和奶奶正在大廳裡面看電視，倩瑋則是像個好奇寶寶一樣，東鑽西跑的看著這裡的人群和設施。

「想必這位就是羅奶奶吧。」高院長走到倩羽和奶奶的面前，迎面笑著說。

奶奶正專注的看著電視，絲毫沒有任何心思回應高院長。

倩羽搖了搖奶奶的手臂說：「奶奶來，打聲招呼啊！」

「不要吵啦，我正在看電視，等一下再說！」奶奶不耐煩的回應。

「沒關係，讓羅奶奶看吧，有沒有什麼我們需要注意的地方？」高院長轉向羅友和問。

於是，羅友和拿出了一疊類似報告的紙，對院長說：「這裡面記錄了我母親的生活習慣，像是哪時候需要服用高血壓的藥，或是幾點的時候會肚子餓，還有一些目前我們遇到的突發狀況等等，我能寫的都寫了，再請院長囑咐護理師們，有空的時候看一下。」

「嗯嗯，你們不需要太擔心，我想羅奶奶會很適應的。」高院長以一種很有自信的口吻說。

「爸，我不能在這裡陪奶奶嗎？」倩羽露出擔憂的表情看著爸爸。

「小羽，就算妳現在陪在奶奶身邊，但開學之後，她還是得一個人待在這裡，我們得讓她習慣。」爸爸語重心長的說。

「小妹妹妳放心，我們很有經驗，妳的奶奶在這裡，會得到很好的照顧的。」不等倩羽開手說話，高院長立刻出聲，希望能讓家屬更放心。

「她手上的石膏還沒拆，要注意一點喔！」倩瑋也像個小大人一樣，對著高院長叮嚀起來。

「沒有問題，小美女。」高院長倩皮的對倩瑋眨眨眼睛。

「好吧小羽，跟瑋瑋去跟奶奶說再見，告訴她我們晚上回來接她。」爸爸看了看手錶，催促著倩羽去跟奶奶說話。

不知道怎麼的，倩羽的心中有種不祥的預感。

✿

「所以，妳奶奶現在在醫院嗎？」柏勳一邊說，一邊攪動眼前的泡沫紅茶。

「不是醫院，是日間照護中心！」倩羽糾正。

「喔喔，那是什麼啊？」

倩羽不由得翻了一個大白眼，然後看著坐在旁邊正在專心做自然報告記錄的婷玉。順帶一提，倩羽負責的紅土、白沙與石頭塊，都沒有辦法讓綠豆發芽，倩羽甚至覺得是婷玉故意放水給她。

「先不要吵。」婷玉專注的拿起計算機，連看都不看倩羽一眼。

倩羽摸摸鼻子，轉過頭來繼續瞪著柏勳。

「怎麼樣啦，妳的表情怪恐怖的。」柏勳半調侃的對倩羽說。

「我覺得，你真的不是很聰明。」

「這話怎麼說？」柏勳皺起眉頭。

「你覺得，這種報告有需要用到計算機嗎？」倩羽的眼神飄向專注於正在按計算機的婷玉。

「嗯……我無法理解成績好的人的思維，不過跟我聰不聰明有什麼關係？」

倩羽無奈的搖搖頭說：「因為還需要我來提醒你。」

「這是哪門子的歪理！」

「哈哈，抱歉抱歉，太久沒跟你們出來了，想說嘲笑你一下。」

「妳真的很不夠朋友耶，現在才出現，暑假都快過一個月了。」

「就我奶奶啊，她現在真的很令人擔心。」

「我有問我媽關於失智症的事情，她說我已經過世的曾祖父，也是得了失智症。」

「真的嗎？那到後來會怎麼樣啊？」

柏勳用力的揮揮手，示意要倩羽不要再問下去了。

「不能說嗎？」她疑惑的看著柏勳。

「不是，是妳不會想知道的。」

聽了柏勳的話，倩羽的心裡一陣寒意飄過。

「看來網路上所說的都是真的。」一時之間，倩羽不知道該用什麼樣的表情面對柏勳。

「妳還好嗎？」柏勳擔憂的問。

「唉，我的心情好複雜。以前聽我爸說，奶奶年輕人時候受了很多苦，如果她真的把這些都忘掉，或許是一件好事。但是，我現在很確定，幾年後她可能甚至連自己是誰都不認識了，光想我就覺得好可怕，不知道該怎麼辦……」

「我們能做的，就是一直陪在她身邊吧。」

倩羽緩緩的點點頭，她有點訝異，自己竟然能夠不掉淚又很理性的對柏勳說這些話。

「生老病死，在所難免。」說話的是婷玉。

「蕭老師，妳忙完囉？」柏勳故意逗弄著婷玉。

「你們還好意思說咧，作業有好好寫嗎？」

「蕭老師，現在是暑假，OK？」柏勳不以為意的回答。

「暑假就不會結束嗎？」有時倩羽真的覺得，平常看似溫柔無害的婷玉，生起氣來真的很像在責備數學怎麼樣都無法進步的學生。

「蕭老師，這樣太嚴肅囉，不可愛。」婷玉先是愣了一下，接著有點害羞的紅了雙頰，非常用力的打了柏勳的背部。

「啪！」

「天啊，蕭老師妳竟然體罰學生！」柏勳作勢的表現很痛的樣子。

「吵死了！」

「哈哈哈哈！」倩羽發自內心的笑了出來，這是暑假以來她笑的最開心的一次。不曉得是不是她的錯覺，她總覺得婷玉應該有點喜歡柏勳，這是她個人的感覺，並沒有告訴柏勳。

「得找個時間偷偷問婷玉。」正當倩羽下了這個決定時，她不經意的往斜前方一看，心裡不由得打了一個冷顫。

黑衣人。

又出現了。

他坐在店裡吧檯的位置，一樣穿著那件黑色的大斗篷，不過他似乎沒發現倩羽正在看他。

「妳在看什麼啊？」結束了一陣打鬧，柏勳用手肘撞一撞倩羽。

倩羽沒有反應。

自從奶奶搬來跟他們住之後，這個黑衣人就常常出現在他們的生活圈，難道這個人和奶奶有什麼關係？

「欸欸，羅倩羽。」

「羅倩羽！」柏勳突然在倩羽的耳朵旁邊大吼，讓她嚇到身體震了好大一下。

「夭壽鬼，你是想嚇死誰！」倩羽對柏勳說了句奶奶常說的話。

「誰叫妳一直沒反應。」

「我們是在想，下午要不要去河濱公園騎腳踏車。」婷玉說。

「蛤？妳不是不會騎？」倩羽問。

「當然是跟妳騎協力車啊！」婷玉理所當然的達到。

「妳有問過我的意願嗎？」倩羽再次翻白眼。

「我決定就好啦！」婷玉又擺起了那副類似數學老師的架子。

這時，黑衣人站起身來，對吧檯內的員工說幾句話，便離開了。

「啊，黑衣人！」倩羽不自覺地喊出聲音來。

「什麼黑衣人啊？」正在收拾包包的柏勳，疑惑的問。

倩羽本來想解釋，但又怕言不及意，只好敷衍的說：「沒事沒事，我們走吧。」說完，三人揹起包包，往河濱公園的方向而去。

✿

當晚，倩羽回到家後，發現家裡一片凌亂。

她立刻心頭一緊，直衝到奶奶房間。

「姊姊……」倩瑋突然出現在她身後，拉了拉她的衣角。

這時，奶奶的房間出現了翻箱倒櫃的聲音。

「發生什麼事了？奶奶，我是小羽，快開門啊！」她用力的敲了敲奶奶的房門，卻還是一直聽到在翻找東西的聲音。

「爸爸跟媽媽呢？」她轉頭，看著臉色驚慌的妹妹。

倩瑋沒有回答，指了指爸媽緊閉的房門。

倩羽走了過去，敲了敲門說：「爸媽，你們在嗎？」

「你不要再說了，我好累！」媽媽楊雅晴以一種快要崩潰的聲音說。

「我就說，送媽到日照中心是個錯誤，當初要不是妳提議，媽現在就好好的。」

「所以是我的錯囉？」

「媽去日照中心第一天，回家就發生這樣的事情，難道不是嗎？」

「你怎麼可以這麼說，我之前照顧媽就不辛苦嗎？」

「我的意思是，應該讓媽回到家裡。」

「那開學後，誰來照顧她？」

「請個外傭吧！」

「這太冒險了吧！」楊雅晴非常反對的說出自己的意見。

「不然妳有辦法辦法辭職專心照顧媽嗎？」羅友和不甘示弱的回應。

看這樣子，兩人不吵個一陣子，不太可能善罷甘休。

倩羽低聲的問倩瑋：「到底發生什麼事了？」

一問完，奶奶的房門打開了，她披頭散髮的走出來，然後大喊：「阿和，你的太太偷了我的金首飾啊，那是你曾曾祖母傳下來的傳家寶啊。」

於是，奶奶像發了瘋似的，在家裡翻箱倒櫃。

「奶奶……」倩羽嚇的說不出話來。

奶奶抬頭看了看倩羽，然後說：「小羽啊，我的金首飾被偷了，妳幫我一起找好不好啊？」

「金首飾？」

「就是那個我常常戴在手上的首飾啊，妳怎麼會不知道呢？」

倩羽突然想起來，爸爸曾經說過，當初來臺北讀書的時候，奶奶當掉了傳家的金首飾，好籌備讓他北上念書的學費。本來想要把它贖回來，但當爸爸有能力後，當鋪的人卻說，那個首飾已經被一位先生買走了。

「奶奶，妳聽我說……」但是，這時候的奶奶，哪裡聽得進去倩羽的呼喚，她一心只想找到那個首飾。

爸媽終於出來了，兩個人的臉色都非常的難看，面對奶奶的反應，他們似乎沒有想要阻止的感覺。

「我去抽根菸。」說完，爸爸就出門了，留下了母女三人來面對這一場面。大概一個小時後，奶奶似乎找累了，又再次坐回沙發上打盹，好像剛才的事情從來沒有發生過。

母女三人忙著整理那些被奶奶「搜刮」出來的東西。

倩瑋看起來嚇壞了，緊緊的拉著倩羽的衣服不放。

「瑋瑋，妳這樣我很難動作。」倩羽忍不住抱怨。

媽媽從剛才到現在，都沒有說過一句話，倩羽感覺這時候無聲勝有聲，身為孩子的她們，還是不要表達任何意見比較好。

不久後，爸爸回來了，同樣什麼都沒說就去洗澡了。

「看來，這是一個全家都會失眠的夜晚，除了奶奶之外。」倩羽心裡這麼想著。

✿

羅友和失神的看著投影機播放出來的曲線圖，主任似乎正在說最近業績不好，要大家多多努力之類的。但是，昨晚的事情讓他感到筋疲力盡，今天送羅林鳳珠去日照中心時，還特別告訴了高院長這件事，不過高院長卻說這是失智症病患常有的表現，他們院方會多加關注的。

「這樣的說法，誰能放心啊？」他捫心自問，卻想不到一個更好的方法來解答這一切。

「鈴鈴鈴——」

業務部主任露出了不高興的神情說：「我說過，會議中手機要調靜音的啊！」

「主任抱歉，不好意思。」羅友和趕緊把手機從會議桌上拿起來，他瞄了一眼，發現是日照中心打來的電話，心裡有種可怕的預感。

接下來發生的事情，羅友和已經不太記得了。

他只曉得，當他接起電話，另一頭傳來了高院長慌張至極的聲音：

「羅先生不好了，阿珠奶奶不見了！」

九、跟蹤

羅友和起先還沒反應過來，他站在公司大樓的樓梯間裡，摀著嘴仔細聆聽電話那頭傳來的聲音。

「妳說什麼？」

「我們本來讓阿珠奶奶在大廳看電視，後來準備帶她去上第一堂體能課時，卻找不到她的人了。」高院長緊張的說。

「到處都找過了嗎？」羅友和急切的問。

「對，都沒有看到她的身影……」

「怎麼會這樣，你們會不會太誇張，一個人也可以顧不見？」羅友和無法控制心中的情緒，氣得大吼了起來。

「我們感到十分抱歉，但是……」

「一個好端端的人，也可以顧到不見？」

「對不起，這的確是我們的疏失，我們現在一直持續的在找人……」

「不然難道不用找了嗎？我的天啊，不該送她過去你們那邊的，要是我媽出了什麼事，請問你們可以拿什麼賠？高院長妳說啊？」羅友和已經開始歇斯底里了。

「除了道歉我真的不知道該說什麼，您要趕過來嗎？還是……」

高院長話還沒說完，羅友和立刻又說：「我立刻趕過去，拜託你們繼續找，並通知警察局，前幾天我有帶她去做指紋捺印。」

「好，我們立刻處理，非常非常的對不起。」在電話的最後，高院長深深表達了歉意，不過羅友和根本不領情。

「到底是在搞什麼東西！」

電話掛掉後，他急急忙忙向公司請了假，便打電話回家通知妻子與女兒們。

✿

高院長的眼鏡歪了一邊，原本整理的包頭，也冒出了一根根分岔出來的頭髮，整個人顯得狼狽不堪，其他還有兩三位護理人員與志工，依舊在照護中心的四周奔走，以防奶奶有躲起來的可能。

接到爸爸的電話後，原本還在生悶氣的媽媽，瞬間露出驚恐的表情，對著電話筒說：「什麼，沒搞錯吧，他們真的確定是媽嗎？」

確認後，楊雅晴急忙叫起還在睡覺的倩羽和倩瑋，要她們兩個人一起到日照中心去。

三人急忙的出門，甚至連門都忘記鎖了。

「羅先生，我們一定會找出阿珠奶奶的，但我想您應該聽一下這位志工的話。」高院長一邊整理頭髮，一邊對爸爸說。

「你們還有什麼話好說？通知警察了嗎？」爸爸的臉氣到脹紅，像隻剛煮熟的大明蝦。

這時，一位身材嬌小的女性志工，看起來大概二十來歲，應該還是個大學生。她看著氣沖沖的羅友和，嚇得不敢說出話來。

楊雅晴發現了這個情況，不等丈夫開口，她便搶先一步問：「妳想跟我們說什麼？」

志工的名牌上寫著「劉有希」三個字，旁邊還有一所大學的名稱，感覺應該是趁著暑假來協助社會做志工，也算是個熱心又關懷社會的女孩子。她戰戰兢兢的看了看倩羽一家人，然後說：「我有看到一個人跟羅奶奶說話。」

「說話？那個人在這裡嗎？」羅友和眉頭深鎖，露出了專屬的疑惑表情。

有希默默的搖搖頭，接著說：「他不是我們院裡的照護人員或志工，但是，他和阿珠奶奶看起來聊得非常開心，兩人有說有笑的，我就覺得應該是奶奶認識的人，所以並沒有想太多。」

「那個人有什麼特徵嗎？」楊雅晴補充問道。

「嗯，感覺挺古怪的，明明是大熱天，卻穿著黑色的風衣，戴著黑色的帽子，好像怕別人看到他的臉一樣。」有希確切的說出神秘人的特徵。

聽到這裡，倩羽不由得打了一個冷顫，前幾天和朋友們在泡沫紅茶店也有看到黑衣人，難道他是過來監視她的？但是，他和奶奶有什麼關係？有可能會帶走奶奶嗎？

「這裡的安全管理也太糟糕了吧！怎麼會讓閒雜人等有機會可以混進來呢？」羅友和再次對院長表達他的不滿。

「好了啦，他們現在也在幫忙找了，我們先等等看。」楊雅晴拍拍丈夫的肩膀，示意要他冷靜一點。

「我想，我們的監視錄影機有錄下來這個人，你們要不要與我到院長辦公室看一下？」高院長問。

說完，一行人包含目擊者劉有希，便一同前往高院長的辦公室。

監視器上是一群老人正在看電視的畫面，倩羽發現奶奶坐在最角落的位置，聚精會神的看著前方的電視，絲毫不被四周來回走動的人所影響。這樣的畫面，大概停留了十分鐘左右，沒有任何變化。

接著，時間來到了早上十點，這是護理人員會帶老人家去上廁所、喝水休息的時候，準備開始上第一堂的體能課。

就在這時候，黑衣人的身影出現了，無論穿著、身高、體型，完全和倩羽印象中的一模一樣。他走到奶奶旁邊，一屁股坐下，奶奶看了看他，然後露出了開心的笑容，只見奶奶似乎一直喋喋不休的對黑衣人說話，黑衣人也以同樣雀躍的樣子回應她，不久後，黑衣人就起身把奶奶帶走了。

看完影片後，高院長立刻說：「照這樣看來，這位黑衣男子很有可能是阿珠奶奶熟識的人，否則奶奶不會跟他一起走，你們認識她嗎？」

羅友和仔細盯著暫停下來的螢幕，然後緩緩的搖頭說：「不認識，但也有可能是他戴著帽子，我看不清楚。」

「我看過他好幾次了。」接著，倩羽說出自己曾經在好幾個地方遇過黑衣人，還曾目睹他在樓下望著家裡看。

「這下傷腦筋了……我也對這個人沒有印象。」媽媽和爸爸一樣，也不認得黑衣人。

在理不出頭緒的情況下，大夥們決定先把影像提供給警察局做參考，然後回家，等待奶奶的下落。

✿

回到家後，爸爸耐不住性子，又跟媽媽開車出門探詢奶奶的下落，並囑咐倩羽和倩瑋，要在家裡等待警察打來的電話，一有任何消息就盡快通知他們。

倩羽坐在沙發上發呆，眼淚不受控的流下來，雖然目前還不確定奶奶的失蹤是否和黑衣人有關係，但她心裡自責，如果早一點把黑衣人的事情告訴爸媽，或者堅持表示這個人有危險，奶奶今天是不是就不會不見了呢？

「鈴鈴——」

「鈴鈴鈴——」

突如其來的電話聲打斷了倩羽的思緒，她急忙回過神來，抱著既期待又怕受傷害的心情，接起了電話：「喂？」

「喂羅倩羽，我跟婷玉現在在泡沫紅茶店寫作業，妳手機怎麼都不接啊？要不要一起過來啊？」

電話那頭，傳來柏勳的聲音。

倩羽像洩了氣的皮球一樣，癱坐在椅子上：「原來是你啊……」

「妳還好嗎？」柏勳聽出了倩羽的語氣，擔憂的問。

「唉，我現在沒有心情說。」

「這樣啊，那今天妳就先待在家裡好好休息好了。」

「不好意思唷。」

「沒關係啦，就先這樣吧。」

正當柏勳準備掛掉電話時，倩羽突然大喊：「等等柏勳！」

「拜託，妳不要突然這麼大聲好嗎？我的耳膜快被妳震破了！」

「我問你，你們現在在上次那間紅茶店嗎？」

「是啊，不然還有哪間啊？」柏勳顯然因為倩羽的大吼，使他的回答有點惱怒。

「那個黑衣怪人有沒有在那邊？」

「妳說誰啊？」

「上次坐在吧檯旁邊的那個，全身都穿戴黑色衣物的中年男子。」倩羽描述著。

「我看看喔……」柏勳停頓了一會兒，然後說：「啊有，他坐在吧檯旁邊，而且……」

「而且什麼？」倩羽急切的問。

「他旁邊坐著一個人，好像是妳的奶奶耶。」

倩羽有種腎上腺素完全被激發的感覺，她完全沒有時間考慮，立刻對柏勳說：「幫我看緊他，我立刻出門！」

十分鐘後，倩羽拉著不情願的倩瑋來到了泡沫紅茶店，但是卻只看到婷玉的身影，柏勳與黑衣人都不在店裡了。

「柏勳呢？」倩羽緊張的問婷玉。

「他去跟蹤黑衣人了，我明明有阻止他，這樣太危險……而且……」

倩羽不理會婷玉的碎唸，在旁邊拍手叫好：「真不愧是我的好哥兒們！」

「蛤？」婷玉露出了狐疑的表情。

「婷玉，我們得趕緊去跟柏勳會合。」

「我不想去啦，好可怕……」

倩羽雙手合十，以懇求的姿態拜託婷玉說：「我只剩下妳了，求求妳啦！」

「唉，我知道了，但一有奇怪的狀況，我就會報警喔！」

「謝謝妳，婷玉。」

此時，婷玉的手機響了，是柏勳傳來的訊息，他說他跟蹤黑衣人到了附近的運動公園，還附了一張一位老婦人在玩運動器材的照片，想確認她是不是倩羽的奶奶。

倩羽看著照片上老婦人開心的笑容，連忙說：「沒錯，真的是我奶奶！」

「奶奶好高興的樣子。」原本默不出聲的倩瑋，也補充了一句。

於是，她們趕緊收拾東西，前往公園與柏勳會合。

到了公園後，倩羽看見柏勳躲在一棵大樹下，望著坐在草地上的黑衣人和奶奶。

她走過去，輕輕拍拍伯勳的背：「喂！李柏勳！」

柏勳嚇得跳了起來，樣子有點滑稽，倩瑋忍不住笑了出來。

「天哪，妳是想嚇死我嗎？」

「現在是什麼情況？」倩羽問。

「剛剛妳奶奶很開心的在玩旁邊的運動器材，後來黑衣人把她拉到草地上野餐，就像妳現在看到的一樣。」

柏勳用手指指出前方的草地。

倩羽看著奶奶滿足的笑容，她突然覺得黑衣人一定是奶奶什麼重要的人，否則她不會這麼安心的跟著他，不知道為什麼，她打算等等再告訴爸媽已經找到奶奶的事情。

「妳不去把奶奶帶回來嗎？」婷玉問。

「先等等吧，我在等一個好時機，而且我擔心一過去，黑衣人就會跑走了！」

「只要奶奶沒被他帶走就好啦。」

「不，我想要與他面對面！」

✿

大概半個小時後，黑衣人攙扶著奶奶起身，準備離開。

倩羽一行人，緊緊的跟在後頭。

「這個人到底是誰啊？」柏勳輕聲的問。

「我不知道，但是自從奶奶來臺北後，我就常常看到他。」倩羽聳聳肩說。

「會不會是她的好朋友啊？」婷玉說。

「他們一定很熟悉，妳看妳奶奶，根本沒有害怕她的意思。」柏勳一邊看著奶奶與黑衣人的背影一邊說。

「不過，我真的想不透，有哪個在臺北的人是奶奶的好朋友？」

「我也沒聽過，但我覺得黑衣人跟一個人長得好像。」倩瑋突如其來的一句話，讓大家轉過頭來看著她。

「跟誰很像？」倩羽蹲下身來問倩瑋。

「像爸爸。」

這時黑衣人帶著奶奶走進了一間服飾店，一行人躲在騎樓的柱子旁，偷偷的觀察。從店外的透明櫥窗裡，還可以看見奶奶拿起衣服，比在自己身上照鏡子的興奮模樣。倩羽仔細的端詳黑衣人的臉，八字鬍頭髮灰白，認真看起來，還真的和爸爸有幾分神似，宛如變老的羅友和。

「他對妳奶奶很好耶，帶她去散步、野餐，現在又帶她來買衣服。」感覺得出來，婷玉是為了化解尷尬的氣氛，才說出這句話。

「對啊，我猜這位黑衣人肯定很有錢！」柏勳也跟著附和。

「啊，他們去結帳了，我們趕快躲起來。」婷玉看著玻璃櫥窗，提醒另外兩人。

只見奶奶手上拿著三件稍顯年輕的洋裝，以孩子般的笑容看著黑衣人。

「事情有種越來越詭異的感覺。」倩羽在心裡想著。

接著，奶奶與黑衣人走出店外，黑衣人在馬路上攔起計程車，倩羽心頭一驚，擔心會跟丟，也趕緊攔了一台車，緊跟在後。

眾人上了車後，柏勳便說：「太酷了，好像在演電影喔！」

計程車停在倩羽家附近一幢新落成的摩天大樓，聽爸爸說這裡一戶就是好幾千萬的天價。黑衣人攙扶著奶奶下車，便走進了大樓裡，警衛一看到他，立刻為他開門，表現出過於禮貌的樣子，好像黑衣人是什麼大老闆一樣。

「現在怎麼辦？」大夥下了車後，柏勳問了倩羽。

「等囉，反正黑衣人一定會再出來，我先打電話跟我爸媽說一聲。」倩羽拿起手機開始撥電話。

爸爸媽媽聽見找到奶奶了，表示會立刻趕過來，要倩羽他們先在原地不動。此時，倩羽心中冒出了一百個問號，等等見到爸爸，她有很多問題想要問。她甚至覺得，電話另一頭的爸爸，聽到她的描述之後，似乎有一種鬆了一口氣的感覺，反而卸下了找不到奶奶的緊張與恐懼，這樣的情況太不合理了吧？

十、黑衣人的來頭

二十五年前

羅友明拖著一身的酒氣，一拐一拐的走回家，口中還念念有詞：「可惡，下次我一定要贏回來，阿標哥太不夠意思了，讓我輸得唏哩嘩啦！」

「噁……」說完，羅友明就蹲下來，在一旁的水溝裡吐了起來。

「你這個死兔崽子，從實招來，是不是又去賭了？」羅添財氣沖沖的走過來，往羅友明的腦袋用力一打，讓他一口氣全都吐了出來了。

「阿爸，你也拜託一下，沒看到我在吐嗎？等一下吐在你身上，你又要生氣……」他一邊用衣角擦了擦嘴角，不以為意的說。

「你說，你是不是又去賭場？」羅添財氣急敗壞地看著兒子。

「哼。」

「你現在是什麼態度？」

「阿爸，光靠種田能賺多少錢，人家隔壁庄的阿峰老大，因為贏錢已經買了好幾塊地了，大家都把三合院移平，準備蓋起透天房子，只有我們啦！到現在還住在這種沒有廁所的房子裡，這像話嗎？」羅友明藉著酒意，壯著膽子說出了所有的不滿。

「安怎，這幢羅家老祖宗留下來的房子礙到你了嗎？」

「阿爸，你不要激動，我只是說有時候，腦袋也要懂得變通。」羅友明頭頭是道的表示。

「兔崽子，你以為賭博是唯一賺錢的方法嗎？」羅添財氣到額頭兩側的青筋都冒出來了。

「當然不是啊，但是用賭的賺得快啊！」

「你哪來的錢可以賭？」

「這……」被父親一問，羅友明心虛的低下頭。

羅添財大聲的吼叫，彷彿街坊鄰居站在一旁的關切一點都不重要似的，他用力的甩了兒子兩個耳光，氣呼呼的說：「不要以為我不知道，你偷偷跟媽要錢，你已經從她手上拿了二十萬了對吧？」

被打的羅友明，也不甘示弱的回答：「現在友春生病了，靠你跟媽種田賺的錢根本無法支付她的醫藥費，難道要眼睜睜看著友春病死嗎？」

「少給我胡說八道，友春現在不是好好的嗎？」

「阿爸，我做這些都是為了家裡啊，以後友和長大要娶媳婦，加上念書的生活費跟學費，都是錢啊……等我贏錢後，我就不會再賭了，阿爸相信我！」羅友明緊緊拉著父親的雙手，希望能得到他的認同。

「你別再說了，丟人現眼！」他甩開了兒子的手，憤憤離去。

羅添財有七個兒女，分別是大兒子羅友輝、二兒子羅友明、三兒子羅友貴、四女兒羅友春、第五個孩子則是一出生就夭折，再來就是五女兒羅友慧和小兒子羅友和。友輝目前剛進入罐頭工廠當學徒，靠著少少的月薪的支付家用，友貴則是幫忙家裡種田，友慧與友和年紀都還小，目前還在唸國中，至於三女兒友春，原本在裁縫店上班，有著很好的手藝，但最近卻被診斷出有白血病，需要立即開刀治療，可是家裡怎麼樣都籌不出這筆錢。羅友明的個性天生比較急躁，也可以說是好高騖遠，他總想利用最簡單的方式來賺錢。

「好了啦，你們不要再吵了！」羅林鳳珠急急忙忙的從家門口衝出來，面對七嘴八舌帶著怪異眼光的鄰居，讓她好尷尬。

「妳不要管，我今天一定要當著大家的面，好好教訓這個兔崽子！」羅添財氣得耳根子都紅了。

「阿明，你是不是又去賭了？」羅林鳳珠不敢置信的看著羅友明。

「我……只是……」從他支支吾吾的樣子，眾人心裡都有了答案。

「你不是答應過媽媽，不會再去賭了嗎？」

「媽，我會贏回來的，到時候友春就有救了！」

「想要錢也不是用這種方法啊……」她癱坐在地上，無奈的搖搖頭。

「不用跟他講這麼多，反正他如果再去賭場，我們羅家從此不認他！」說完，羅添財拉著妻子，不顧眾人眼光的往家門走去，最後重重的將門關上，好像跟那些看熱鬧的鄰居說：「這跟你們沒關係吧！」

這樣的情境，一星期會發生兩三次，對街坊來說，宛如家常便飯般自然，久而久之大夥們也都習慣了，甚至有時候還會幫忙勸合。

隨著羅友明的好賭，羅家三女兒友春的病每況愈下，終於醫生宣布了，她只剩了三個月的生命，這個噩耗，讓羅林鳳珠整天以淚洗面，幾乎每天都搭在醫院陪伴女兒，走完最後的日子，而羅添財和其他孩子則是抱著一絲的希望四處籌錢，當然，羅友明仍然繼續賭博，偶爾贏了點小錢，總是交給羅添財，但他總是不收。

不久後，羅友春在家人的陪伴中安然離世，但喪事都還沒辦完，羅友明卻又說要跟朋友去臺北打拼。沉浸在喪女之痛的羅添財與羅林鳳珠也管不了那麼多了，白髮人送黑髮人所帶來的傷痛，比他們想像中還要大。

✿

「阿春，哥哥要去臺北了，希望妳在天上可以不再痛苦！」羅友明看著簡陋的墓碑，然後雙手合十的閉上眼睛。

羅友春的墓，就在羅添財田裡旁邊的一塊空地，以當地的習俗來說，這樣可以保護自家的田地年年豐收，不受天災與人為的危害。

「阿明，你可別去太久，爸媽還需要我們。」說話的是羅家的長子羅友輝。

「是啊二哥，雖然爸爸老是打你、罵你，但他全都是為你好，只是他說話比較大聲，況且賭博的風險很大，你真的要注意一點吧！」老三羅友貴，也補上一句話。

「知道了，知道了，你們好囉嗦！」羅友明不耐煩的揮手，要他們別再說下去。他再次看了看妹妹的墳墓，然後轉頭用力的拍了拍跪在最後面的羅友慧與羅友和，然後說：「你們兩個要好好念書，不要像我們一樣只會靠勞力來做事，這樣賺錢太慢了，知道嗎？」

兄妹倆似懂非懂的看著二哥。

羅友明再次看著兄弟姊妹們，便揹起簡單的行囊，坐上賭場老大為他叫的三輪車離開了。望著弟弟的背影，羅友輝在口中喃喃自語：「阿明，你可一定要回來啊……」

誰也沒有想到，這是羅友輝最後一次見到弟弟了。

✿

災難還沒有結束。就在羅友春離世後的一年，羅友輝工作的工廠發生了爆炸意外，整座工廠無人倖免，都還沒來得及整理失去女兒的傷害，大兒子又這麼離開，讓羅家兩老頓時失去的生活重心，成天茶不思、飯不想的，沒有任何的動力。此時，生活重擔瞬間掉入了三兒子羅友貴的手中，他成天從早忙到晚，為了就是要努力把這個家撐住，讓友慧與友明能夠順利的完成學業。

這時，羅友明在臺北的事業正在漸漸起步，每回回家他都拿著大把的鈔票貼補家用，但總是住不到幾天又要趕回臺北工作。

「混帳東西，想拿錢打發我們是嗎？」每次羅友明一回家，總是會跟羅添財大吵特吵，這也是他總是待不到幾天的原因之一。

「好了啦，他難得回來，你就少說兩句吧……」即使羅林鳳珠會在旁邊勸說，但怎麼可能就此停住兩個人的戰火呢？

「爸，你以前都說我愛賭，現在我可是正正當當的賺錢啊！」

「賺錢？請問大老闆你做的是什麼光明磊落的工作啊，怎麼每回問你總是說不清呢？」父親的問題，的確讓羅友明啞口無言，確實，他當然所做的工作賺錢很快，卻不是那麼的公正。

「怎麼樣，你無話可說了吧。」

「爸，這就是我賺錢的方法。」

「少在那邊理直氣壯了，有本事回來幫我和阿貴分擔農地的事情啊，躲在臺北太不夠意思了吧。」

「我不想說了。」

「對對對，現在是大老闆了，看我們就覺得礙事了。」羅添財自嘲的語氣，聽在羅友明心裡真的非常不痛快，他不懂為何父親老是這麼不明究理，他所做的一切都是為了家裡，難道這樣錯了嗎？

父子間的戰火持續了三年之久，只要他一回家，總是和羅添財吵得不可開交，導致他回家的次數一次比一次還要少。最後一次見到羅添財，是羅友明準備前往日本避風頭的時候。他告訴母親，自己與合夥人被合作的廠商騙錢了，他必須先暫時離開臺灣，不久後他就會回來，不要為他擔心。這件事讓羅添財氣壞了，他嚷嚷著要跟兒子斷絕父子關係，說他完全沒有做到一個盡兒子的責任。當下，羅友明只擔心著公司的危機，卻沒發現父親的臉色一天比一天差。

「你去了就別回來了！」羅添財正經的看著羅友明表示。

「爸，這句話我聽膩了。」

「我這次是認真的。」羅友明看著父親的眼神，不發一語的離開了。

一年後，等到他終於有辦法從日本打電話回家時，聽到的卻是父親因肝硬化而過世的死訊。

自此之後，羅友明彷彿人間蒸發一般，再也沒有出現過。

十一、重逢

二十五年後

「二哥，我們多久不見了？」羅友和與羅友明面對面後，說出了這一句話。

「算一算差不多二十五年了。」羅友明感嘆的說。

兄弟倆尷尬的看著彼此，他們正坐在羅友明位於二十樓坐擁景觀的豪華公寓裡，羅友和要妻女先到附近的咖啡店等他們，而羅林鳳珠正在房間裡面睡覺，有羅友明聘請的外籍員工照顧著。

「這幾年，你人到底在哪裡？」

「日本。」

「你難道不知道，媽每天都在想你嗎？」

「我……我這種差勁的兒子，沒有臉回來見她！」羅友明激動的用手摀住臉頰。

「每個月，媽都會收到一筆來歷不明的錢，是你寄的吧？」

「嗯。」

「我告訴你，媽早就知道了，二十幾年來她從來沒有動過那些錢，嘴巴上總是說，等你回來之後，要給你買房子用的。」羅友和帶著一些憤怒的情緒，看著自己的哥哥。

「什麼？」他驚訝的看著弟弟，露出了不敢置信的神情。

「我騙你幹什麼！」

「那些錢，足夠讓她過很好的生活啊……」

「媽不會這麼想，她想要的就是你回家。」

「我怎麼……怎麼會這樣……」羅友明不知不覺跪了下來痛哭失聲。

羅友和坐在一旁，沒有表示任何的意見，只是靜靜的看著二哥哭。此時此刻，他的心情比誰都還要複雜，剛剛在電話裡告訴姊姊與姊夫這件事，即便沒看到她，都能想像她那張下巴快要掉下來的表情。

「媽，我對不起妳，好不容易回來了，妳卻已經變成這樣了……」

羅友明不停的自責。

「其實，我早就知道你會暗中跟著我們，但我睜一隻眼閉一隻眼，想說你什麼時候會願意出來跟我們相認。」

「抱歉，二哥實在是沒有那個臉……」

「所以你把媽從日照中心帶走，也沒有通知我們是怎樣？」說到這裡，羅友和不由得又是一陣怒火。

「我不知道不能帶她出來啊……」羅友明抬起他那張脹紅又充滿眼淚、鼻涕的臉，疑惑的看著弟弟。

「拜託你，日照中心的人，根本不曉得你是他兒子啊！」

「既然不知道，那我在跟媽說話的時候，應該把我趕走了不是嗎？」被二哥這麼一問，羅友和瞬間不知道該如何回應。

是啊，怎麼會那麼離譜，明明就有志工看到他，卻還是不為所動，也沒有人親眼看到，母親被二哥帶走的事情。他不禁想，或許這一切都是上天的安排，讓羅友明與他們有重逢的機會。

此時，羅友和的手機響了。他低頭看了看螢幕，然後接起來：「三哥，什麼事？」

「嗯對，我現在正和他在一起。」

「你也要回來嗎？」

「好，我知道了，確定時間再跟我說，先這樣。」說完，他掛上電話。

「是阿貴，對吧？」不等他開口，羅友明自己說話了。

他點點頭，然後說：「阿貴跟阿慧等一下都會過來，我們得好好的談談。」

「好，不管你們說什麼，我都不會有任何意見。」

「你還能有什麼意見？」

「抱歉。」羅友明揉了揉眼睛說。

這時，羅友和從口袋裡拿出一盒菸，他自顧自的走向那扇與牆一樣寬敞的落地窗，並打開旁邊的小窗戶，點起了一根菸，他轉頭看著二哥，遞出了菸盒。

在吞雲吐霧之間，沉默是最好的潤滑劑。

「二哥，雖然你突然出現，讓我們很困擾，但你能夠回來真是太好了……這是媽一直以來的心願，就算她現在思緒常常不清楚，未來也會越來越嚴重，不過你在的話，我想她會安心不少的。」羅友和說出這般真性情的話，使羅友明嚇了一跳，於是他又流淚了，只是這次掉的，是喜悅的眼淚。

✿

「媽，如果妳有個二十幾年沒見面的親人，會是什麼樣的心情？」倩羽用調根棒，攪動著桌上的咖啡杯。

楊雅晴搖搖頭回答：「一定會有很多想說的話吧，但又不知道該從何說起。」

「原來，奶奶一直說在口中的阿明，就是我們的二伯。」倩羽依稀記得，曾經聽爸爸說有這麼一個人，只是從來沒有見過他，當然也無從得知他們的這些過往。不過，她可以理解奶奶的心情，這些年來，奶奶獨自一人承受思念兒子的辛苦，想到這裡，她就不由得鼻酸了起來。

「媽媽覺得，奶奶希望兒子回家，卻不說出來；兒子雖然也想回來，又責怪自己沒有盡到做孩子的本分孝順父母，加上沒有見到父親最後一面的自責，使他沒有勇氣回來面對母親，於是一拖再拖，拖了好幾年，一直到奶奶真的生病了，他才出現……也許，就是因為雙方太過壓抑了吧。」楊雅明感慨的說。

「我以為我跟奶奶很要好，她卻從來沒告訴我這些事情……」倩羽有些低落的說。

媽媽拍拍她的頭頂說：「傻孩子，奶奶就是當妳還小，才不想讓妳捲入大人們的紛爭裡，妳想，她怎麼忍心讓她最疼愛的孫女苦惱呢？」

「這麼說是沒錯啦。」聽媽媽這麼一說，倩羽有些釋懷了，即使仍然感到不是很痛快。

「我小的時候，家裡也有一些狀況，但妳外婆總是不說，常常也讓我很生氣。」

「真的？外婆也這樣？」

「是啊，當然我覺得自己已經不是大人了，可以幫忙分擔了，很多事情其實說出來討論不是很好嗎，為什麼要自己悶住呢？」

「對，我現在就是這麼想的。」

「但是，等我自己當上媽媽之後，我可以體會當初為什麼外婆不跟我討論這些事情。」

倩羽似懂非懂的點點頭。

✿

「大家都來了，我好高興呢！」當晚，羅林鳳珠看到自己的兒子、女兒們齊聚一堂，臉上露出了久違的喜悅。「阿慧，我跟你說，阿明今天帶我去買衣服喔！」奶奶拉著姑姑的手，示意要她一起進房間。

「太好了，改天要穿給我們看看喔！」姑姑也發自內心的笑著回應。

「阿明開車，載我到處繞來繞去，真是頭昏眼花。」奶奶作勢扶著額頭，表現出很累的樣子。

「你們還有去哪呢？」聽見母親的回應，姑姑感到十分欣慰，因為她竟然記得今天下午發生的事情。

「嗯……」奶奶陷入了思考中。

「是不是還去野餐啊？」姑姑提醒。

「對對對，還有吃麵包，裡面還包有水果唷！」說完，姑姑牽著奶奶的手，聲稱要進去一起看新買的衣服，其實是要留給其他的兄弟姊妹討論的時間，特別把母親支開，不想讓她聽見這些。

奶奶進房後，大家所有的目光都停留在羅友明的身上。

「二哥，你這幾年到底跑到哪去了？」說話的是羅強的爸爸，也就是奶奶的三兒子羅友貴。

「阿貴，我回來了。」看著從前年輕的弟弟已成為頭髮黑白參半的中年男子，羅友明不禁濕了眼眶。

「你都不知道，大家都很擔心你啊。」羅友貴也是一陣的鼻酸。

這個情景，讓倩羽和羅強感到有些尷尬，互相看了對方一眼。

此時，倩羽剛好看到坐在爸爸旁邊的姑丈，他鐵著一張臉，嚴肅的看著大家，總覺得等等就會說出一些很不好的話。

「我後來一直都在日本，跟老大的合夥生意結束後，我進了工廠做學徒，處理一些電子零件，從作業員開始，然後慢慢的努力、晉升。」羅友明簡單扼要地說。

「那也不能都不跟我們聯絡啊？」這次說話的是爸爸羅友和。

「說來慚愧，我一直找不到一個好的時機……」

「二十幾年的時間，你難道都不會關心想回來看看媽媽嗎？」

「真的對不起，我對不起你們大家！」羅友明低下頭來，表現出滿滿的誠意。

「對不起有用，還要警察幹嘛？」果不其然，姑丈說出了一句討人厭的話，倩羽忍住不去瞪他，並一直提醒自己，不可以回嘴。

「你是？」

「我是友慧的先生，對喔，我們是第一次見面。」

「喔，你好。」羅友明生硬的說。

姑丈清了清喉嚨，倩羽有預感，他即將發表一場會令人非常惱火的話。「我就直接了當的說了，這麼多年來，你對自己的媽媽不聞不問，沒有盡到任何孝道，現在突然冒出來，說要一起照顧媽，我個人認為，這對我們來說並不公平。」姑丈一邊說，一邊摸了摸自己的厚道下巴。

「這話是什麼意思？」羅友明似乎也有點被惹惱了。

「好了好了，今天大家大團圓不是好事嗎？妹婿先生，拜託你也少說兩句吧。」羅友貴一感覺到火藥味，趕緊跳出來緩和氣氛。

「二哥，你就是脾氣太好了，才會一直受欺負。」姑丈不以為意的說。

「姊夫，今天可以好好談嗎？」這次換羅友和出來說話。

「你們真的很奇怪，這麼輕易就原諒一個人。這些年來，我和我妻子，還有二哥友貴、小弟友和，我們花了不少心思在媽身上，無論是各種大小的病痛，或者過年過節的紅包，大禮小禮等，不管是錢財還是苦心，一定都做的比你多。」

「所以，你希望我怎麼做？」面對姑丈的指控，羅友明沒有回話的餘地，因為這些，都是血淋淋的事實。

「這個嘛，我想以現在這種時機來說，給我們一些錢是最好不過了！而且我聽說你很有錢，應該對你沒差吧。」姑丈一說話，目瞪口呆的人可不只倩羽，大家全都用不敢置信的眼神望著彼此；沒想到，這世界上真的會有人如此的厚臉皮，什麼樣的要求都敢提出。

「是想要什麼錢啊？」一陣沉默之後，終於有人開口了，但倩羽立刻發現，說話的人竟然是奶奶。

姑姑羅友慧看著自己的家人，連忙解釋說：「對不起，我沒料到我老公竟然會說出這種話。」接著，她用嚴厲的神情看著丈夫說：「老公，你不要太過分了！」

姑丈還來不及回應，奶奶又開口了：「現在是咒我去死嗎？我都還沒走，你們就在討論遺產？」

「媽，不是，妳誤會了……」羅友明立刻起身安撫。

「羅家的財產，是不會分給外人的，你是誰？為什麼會出現在我家？」奶奶氣憤地看著姑丈。

「媽，妳忘記啦，我是阿慧的先生啊。」面對丈母娘突如其來的反應，姑丈一時也反應不過來。

「你們這些人，不要太過分了！」奶奶突然大吼了起來。

「媽……」姑姑立刻拉著奶奶的手，卻被硬生生的甩開。

「統統都不孝，我要回家去了，不要攔我！」

「媽，這裡就是妳的家啊！」

「胡說八道！」

「啊！媽，冰箱裡有布丁，妳要不要吃啊，是妳最喜歡的巧克力口味喔。」楊雅晴靈機一動，希望能用點心轉移母親的注意力。

「我不要！我現在就要回家！」奶奶的情緒已經完全爆炸，沒有人曉得該如何挽救現在的局面。

「奶奶……」倩羽鼓起勇氣，走到奶奶旁邊。

奶奶用憤怒的眼神看著倩羽，接著說：「小朋友，不要管我們家的家務事。」

霎時間，倩羽分不清奶奶是在生氣，還是忘記她是誰，她不願意去想真相究竟是什麼，只感覺心情宛如洩了氣的皮球一般，癱坐在椅子上。

「媽，我們先回房休息好嗎？」這回，說話的人是姑姑，她同樣表現出戰戰兢兢的樣子。

「我不要我不要！我說過我要回家，讓我回家好嗎？」這段話，說得既大聲又淒厲，伴隨著突然爆發的眼淚。

「該叫救護車了，我們無法處理。」羅友和拿出手機開始撥電話。

「你們再不讓我回家，我就死給你們看！」

在大夥還來不及反應時，奶奶突然用力的撞向牆壁，發出「砰」的一聲巨響。

十二、深層的記憶

「天啊！」楊雅晴嚇得叫了出來。

「快，拿一條毛巾來！」羅友明伸出右手，左手攙扶著母親的肩膀。接過毛巾簡單的對折後，他急忙按壓住額頭不斷湧出的鮮血。

「好可怕……嗚……」原本正在認真看卡通不受大家爭執影響的倩瑋，被奶奶的舉動嚇壞了，現在正躲在媽媽的懷裡輕聲哭泣。

「媽，媽妳看著我啊！」姑姑蹲在奶奶面前，緊張的呼喚她。奶奶沒有回應，用一種迷濛的眼神看著姑姑。

「這都是你的錯！」姑丈大喊，惡狠狠的轉向羅友明。

「你夠了沒有！可以安靜一下嗎？」不等羅友明回應，羅友貴已經跳出來制止姑丈的行為。

被這麼大聲一喊，姑丈摸摸鼻子，若無其事的坐下。

「媽，也許真的都是我的錯……」羅友明自言自語的，看著意識越來越不清楚的母親。

我的家，是個寧靜清幽的三合院。

雖然我們並不富有，但生活勉強過得去，即使農地的工作再辛苦，為了孩子們的未來，我和老伴辛苦一點沒有關係；為了不讓他們餓肚子，我們少吃兩口飯也沒有關係；為了有錢供他們念書，我少買兩件衣服更不是問題；我們一直這樣，簡單辛苦的過日子，實實在在。

十八歲那時，阿母說要將我嫁到隔壁庄去，家裡已經沒有辦法再多養我一個人，我隱隱約約聽到哥哥們說：「給妹妹吃飯幹嘛，女孩子家又不需要力氣，讓她待在家裡就多了一副碗筷，難怪我們總吃不飽！」聽到他們這麼說，心裡確實難過，但我不怪他們。在物資缺乏的那個年代，幾乎每個家庭都過著勤儉的苦日子，身為女孩的我，更顯得沒有地位，在爸爸與哥哥的眼光，女孩子就是用來傳宗接代的，不必花太多的心思來培養我們。

那時我便想，有朝一日，我自己當了母親，不論孩子是男是女，我絕對都會一視同仁的對待，給他們我給得起的，正正當當的過生活。

嫁到羅家剛開始我很不習慣，面對婆婆三不五時的責罵與藤條鞭打，我只能逆來順受，不敢有怨言，她每天都在問我肚子裡有消息了沒，她可急著抱孫子呢！值得慶幸的是，我的先生羅添財，待我非常好，從來不打我、罵我，有時候甚至會為了我與婆婆啟口角，當時我雖然感動在心，但一想起未來丈夫不在的日子，就又開始感到害怕，就在這時，我發現自己懷孕了。婆婆知道後，態度立即一百八十度大轉變，對我好聲好氣，家事也不用做，每天有喝不完的補藥與補品，她甚至願意花錢買蘋果給我吃，讓我受寵若驚。

即將臨盆之際，添財送給我一只玉珮，上面有著漂亮細膩的龍鳳雕刻，十分賞心悅目。我責怪他為何要買這麼昂貴的東西，他傻笑的搔搔頭說：「第一次當爸爸，總需要準備個什麼讓妳安胎吧！」一個星期後，在一陣天翻地覆中，我們第一個孩子羅友輝出生了，婆婆當然樂不可支，頻頻在祖墳上磕頭道謝，好在第一胎生的是男孩。而我的右手掌，在生產時緊緊握住玉珮，龍鳳的雕紋緊緊的烙印在上面，過了好幾天才消失。

自此之後，這只玉珮成了我最珍貴的護身符，無時無刻都陪在我身邊，每當緊張、害怕的時候，我一樣會用右手緊緊地抓住它，就像它那時保護我，讓友輝平安出世一樣。

友慧，這是阿母最重要的東西，現在交給妳，未來再轉給倩羽，她是跟我個性最像，而且又是我最疼愛的孫女，告訴她，以後害怕的時候，就把玉珮拿出來握在右手上，就會有一股說不出的力量與勇氣在背後支持著她。

倩羽坐在急診室的門口，手中握著奶奶的玉珮。她雙眼無神的望著前方，彷彿靈魂出竅般無神。她心裡持續想著剛才姑姑跟她說的故事，心感覺被撕成了兩半，其實這件事，發生在奶奶被診斷出失智症的前半年，或許她明白自己即將面臨一個可怕的疾病，所以特別跟姑姑交付了這件事。

「原來，奶奶一直沒有忘記我。」她悲傷的喃喃自語，瞬間熱淚盈眶。

「姊姊……」妹妹倩瑋坐在她身邊，輕輕的摸摸她的手。

現在，除了姑丈很識相的待在家外，所有人都在急診室外等候。雖然醫生說奶奶額頭的撞傷並不嚴重，但是精神狀況仍舊不穩定，必須再次住院觀察，現在正在等待醫生安排床位，聽說剛剛醫生還為奶奶打了鎮定劑，讓她的情緒穩定下來。

「妳叫倩羽對吧？」說話的人是羅友明。

「啊？對。」倩羽顯得有些不知所措。

「對妳來說，今天真是豐富的一天吧？」

「的確有些疲累。」確實，一早從奶奶失蹤，到跟蹤羅友明，到晚上看著爸爸一家子的大團圓，後來姑丈說的話引起了奶奶情緒的失控，這一切發生的太突然，讓她根本沒有發現，短短的一天裡，竟然可以發生那麼多事情。

「凌晨十二點半了，妳都不會想睡覺嗎？」

「有一點。」

「那個……其實妳應該要叫我二伯。」羅有明有些不好意思的說。

「對喔。」

「不不，沒關係，妳不用急著叫我，有些事情是需要時間的。」

「好的。」倩羽有氣無力的回答。

「妳跟奶奶感情很好嗎？」

「對，你怎麼知道？」她疑惑得說。

「我每次去偷看她的時候，都會看到妳攙扶著她，或是在她身邊陪她，然後一臉很擔心她發生意外的樣子。」羅友明解釋。

「真的，知道奶奶得了失智症以後，一開始雖然很不能接受，但如果連她身邊的人都鬱鬱寡歡，那奶奶要怎麼辦呢？」不知怎麼的，倩羽總覺得自己已經開始喜歡這位二伯了。

「妳說得太好了，比起妳，我身為兒子卻不在她身邊，真的很不應該……」

「所以，你才會把奶奶從日照中心帶走？」

的。」

羅友明皺了皺眉頭說：「偷偷告訴妳，其實是奶奶要我帶她出去

「真的假的？」倩羽驚訝的說。

「是啊，她說她不想待在那個無聊的地方，希望我能帶著她去走走。妳也知道，我那麼久沒跟她見面了，她的要求我真的不想拒絕。但又礙於日照中心的照護員不認識我，我也不敢去說，想說不然先溜出去半個小時好了，沒想到會引起這一連串的風波。」二伯一邊說，還一邊添加了很多手勢，感覺是個有趣的人。

「不過，你帶著奶奶出去的時間，可不只半個小時喔！」

「真對不起，看她那麼開心，我實在不想送她回去。」

倩羽微微笑，霎時間，她像突然靈光一閃似的，看著二伯問：「二伯，你就是阿明對吧？」

「啊？家裡的人是這麼稱呼我沒錯啊！」羅友明回答。

「真的是這樣！」

「怎麼了嗎？」

倩羽兩眼認真的盯住二伯，然後說：「從很久以前開始，奶奶晚上都會說夢話，一直叫著阿明，我曾經問過阿明是誰，她回我說，是家裡以前養的小狗……」

「哈哈，我這個樣子，怪不得她會這麼說了。」

「可是，我知道阿明對奶奶來說，一定非常重要。不管是小狗也好、兒子也好，都是深深的住在奶奶的心裡。」倩羽誠懇的說。

「嗯，媽的個性就是這樣，有苦不輕易說出來。」

「而且，我覺得醫生說的很有道理。」

「怎麼說？」羅友明問。

「醫生說，奶奶會忘記的是最近的事情，但那些深藏在她腦中珍貴的記憶，是不會這麼容易消失的。一直到今天，晚上睡覺時，奶奶有時候仍然會呼喚著你的名字，那就表示，這個記憶、這個人，在她的心中是非常重要、無可取代的。」倩羽頭頭是道的解說。

「謝謝妳。」羅友明輕輕的點點頭。

「我覺得，應該要告訴你。」說完，兩人陷入了一陣沉默，又不時尷尬的看著對方笑了一下。

不久後，醫生呼喚著奶奶的名字，要家屬過去集合。

急診室的醫生看起來非常的忙碌，好像好不容易擠出時間，可以為奶奶安排空的床位，他告訴大家，今天晚上奶奶要先住在急診室的病床上，隔天一早再把她送到樓上的病房去，留下一兩位家屬陪在奶奶身邊就好。

倩羽看著奶奶，想起方才與二伯的那番對話，現在在奶奶的夢境裡面，是不是正上演著一齣齣她的童年、她從前種種的美好呢？

正當倩羽沉浸在自己的想法中時，二伯與姑姑便自告奮勇的留下，要待在急診室照顧奶奶，陪伴著她。

大家臨走前，姑姑還偷偷的對爸爸與三伯羅友貴說：「對不起，我老公這樣子給你添麻煩了。」

「阿慧，不是我在說，可以請他控制一下嗎？」羅友貴氣憤的說。

「還不是因為最近公司的狀況，他常常藉機亂生氣，我也拿他沒辦法啊……」姑姑無奈的說。

「他哪壺不開提哪壺啊！」羅友和也生氣的說。

「算了，但是他下次要是再敢這樣，害媽又發生意外，我可是不會放過他的！」三伯嚴厲的看著姑姑。

「我也是！」倩羽在心裡附和著。

「我們也是！」爸爸、媽媽終於跳出來說話了，倩羽不由得在心中拍手叫好。

「姊姊，無論如何，讓媽受到傷害就是不對，下一次我們不會再保持沉默！」羅友和正氣凜然的說，倩羽瞬間覺得爸爸好帥，好像很威風的將軍一樣。

「請姊姊有空跟姊夫談談吧。」楊雅晴說話的聲音，呈現出虛弱的感覺，倩羽覺得她的黑眼圈似乎比早上還要深。

「好了好了，大家趕快回家休息吧，還有小朋友在呢，太晚睡對他們的身體不好喔！」坐在病床旁的羅友明開口說話了。

倩羽偷瞄了二伯一眼，沒想到他也對她眨眨眼睛。

走出醫院後，倩羽回頭看著急診室的大門，然後偷偷的說：「奶奶就拜託你了，二伯。」

✿

「必須很遺憾的告訴你們，羅奶奶的病情惡化了。」劉德威醫師嚴肅的看著羅友和夫婦。

「果真如此啊……」羅友和頂著一整晚沒闔眼的熊貓眼，冷靜的看著醫生。前一天所發生的事情，宛如一場急促的夢境，從母親的失蹤、二哥的出現、南部家人的到來，到姊夫對二哥的惡言相向，到母親撞牆昏倒，一切好像連續劇般曲折，他不曉得是否應該告訴醫生這些鉅細靡遺的事情。

「現在開始，我會加強羅奶奶的用藥，請你們注意一下。」劉醫師的聲音，將羅友和的思緒拉了回來。

「好的，謝謝醫生。」

「對了，最近羅奶奶是不是常常在夜裡不穩定？」

「不穩定的意思是？」這回換楊雅晴露出疑惑的神情。

「失智症有一個現象，稱為『日落症候群』。」羅醫師解釋，他推了推眼鏡，接著說：「言下之意，就是當太陽下山後，患者的情緒開始起伏不定，晚上不睡覺，在家裡走動，或是吵醒家中的人，嚷嚷著想要出門種種情形，在羅奶奶身上，最近是否常常出現這類的情況呢？」

「嗯……」羅友和進入了思索中。

「經醫生這麼一提，我是有感覺到最近半夜時，婆婆常常會把我叫起來說要去上廁所，有時候甚至一個小時就一次，但那時我以為是睡前讓她喝太多水的關係，導致她頻尿。」楊雅晴敘述著。

「對，這很有可能就是日落症候群，之後有可能還會出現各式的妄想症，擔心人要傷害她等等。昨天羅奶奶讓自己受傷，潛意識中應該是想要保護自己，當時是發生了什麼事情，讓她受到刺激了嗎？」

劉德威醫師這一問，兩夫婦立刻尷尬的面面相覷，實在不曉得要如何解釋昨天那一連串亂七八糟的情況。

「那個……醫生……」羅友和怯怯的說。

「家裡發生了一些事情，我們實在難以啟齒。」楊雅晴面容僵硬，不敢直視醫師的眼睛。

劉醫師見狀後便說：「如果是家庭的隱私，當然我們醫院不適合追問下去，但記得千萬別再讓患者受到刺激，否則有些行為與舉動，是大家都無法預料的，到時候可能就不只弄傷自己、弄暈自己這麼簡單了。」

「知道了，謝謝醫生。」向醫生道謝後，兩人趕緊走出診間。

「老婆……」當關上診間門房的那一刻，羅友和輕聲呼喚著妻子，然後拉著她的手。

「怎麼啦？」

「我知道有很多事情要處理，不過，我現在最想做的，就是在床上好好的睡一覺。」

「我也是。」她溫柔的拍拍丈夫的肩膀。

兩人無精打采的走回奶奶的病房，看見羅友明正坐在病床旁邊的椅子上打盹。

「把媽交給二哥，應該是沒問題了。」羅友和說。

「是啊，這還是我頭一次見到他。」

「他從以前就是這樣，有他在的地方，總是會出現各種風波。」

「但我覺得，他看起來是個好人。」

「是啊，他的個性比我那個已經到天堂去的父親與大哥還要剛強，不過也因為這樣，惹出了不少事情，父親與他更是常常發生衝突。」

「唉，只是母子連心，你看媽即使生病了，仍然念念不忘這個孩子，看到他出現時，是那麼的開心。」

「其實我在想，是不是應該聽二哥的話，將媽送到他家去照顧呢？」

「這樣好嗎？」楊雅晴突然瞪大了眼睛。

「妳看他，那麼想要彌補這二十幾年來沒有盡到的孝道，我們該不該給他這個機會呢？」羅友和深吸了一口氣，繼續說：「我的意思是，讓媽在二哥家，會不會比待在日照中心快樂呢？」

「能跟家人在一起固然是好事，但是由專業的人員來幫助媽做一些職能訓練，也是很重要的！」

羅友和點點頭說：「這件事情，要討論的人可不只有我們。」

「是啊，還有我們的女兒。」

「我媽最疼愛的孫女，羅倩羽。」羅友和微笑的看著妻子。

十三、想家

一個星期後，奶奶在大家的陪同下出院了。

「奶奶，這是我畫給您的圖畫喔！」一見到奶奶，倩瑋立刻從背後拿出了自己的作品，這是一張奶奶在農田裡面採收各種農作物的畫面。

「哇，好漂亮喔，謝謝瑋瑋。」奶奶露出慈祥的笑容，摸了摸倩瑋的頭。小女孩立即不好意思的躲在奶奶身後。

說起倩瑋畫的這張圖還真是豐富。一大片的農田，上面有西瓜、草莓、玉米、甘蔗、橘子、芭樂、稻米等，也沒有特別區分哪些長在樹上、哪些長在土地上，整座田堆疊得滿滿的，很像將所有的作物都搬到農田上一樣。而畫中的奶奶，左手拿著鐮刀、右手捧著一顆大西瓜，笑得合不攏嘴，仔細一看，左上方還有一顆銀色的假牙，可見倩瑋把這張畫，畫得有多鉅細靡遺。奶奶看著畫，接著抬起頭望著二伯、三伯、姑姑與爸爸，並跟他們說：「孩子們，阿母好想回家啊。」

眾人一時不知道該如何反應，只能傻傻的笑著。

「這個……有時間我們就會帶媽回去了。」二伯率先打破沉默。

「是是是，大家一起回去嘛！」姑姑也隨之附和。

「對啊對啊，那我們趕快走吧，今天特別跟一間中式餐廳訂了位，要帶媽去吃道地的福州菜喔！」爸爸更是藉機轉移話題，試圖拉走奶奶的注意力。

「嗯嗯，我們要去吃團圓飯喔！」媽媽開心的挽起奶奶的手。

「團圓飯？要過年了嗎？」奶奶皺起眉頭說。

「還沒還沒，是全家人一起出去吃飯。」楊雅晴立刻改口，開始後悔自己不經大腦說出的話。

「這下糟糕了，我還沒準備紅包呢！」奶奶緊張的看著大家。

「媽，還沒有要過年啦，妳放心！」

「對啦，過年還需要一陣子的時間喔，我們今天是先聚餐。」

大夥們費盡心力，想要讓奶奶趕緊忘掉想回家的事情，以免又刺激到她的情緒。

「奶奶，妳好不夠意思喔！」倩羽突如其來的一句話，嚇傻了周圍的人。楊雅晴趕緊拉拉她的衣角，用氣音說：「小羽，不要亂說話……」

倩羽不顧媽媽的反對，繼續說：「這樣就是奶奶不對囉？」

「這話怎麼說？」倩羽可以感覺奶奶的情緒有點被挑起來了。

「奶奶，我們本來想給妳一個驚喜耶。」倩羽故作無奈的表示。

「驚喜？」

「對啊！」

「什麼樣的驚喜？」

她假裝嘆了一口氣，然後說：「因為妳的生日要到了，我們要帶妳去慶祝，結果奶奶一直說要回家，害大家不知道該怎麼辦呢！」

聽完倩羽說的話，眾人心裡都捏了一把冷汗。

「哎呀，真是的！」羅林鳳珠突然拿手敲了敲自己的腦袋。

「媽，您不要這樣！」看到母親的舉動，性子較急的三伯趕緊跳出來制止。

「真是枉費了你們的用心良苦，不好意思啊。」奶奶開心的笑出來。

「妳才知道！」倩羽俏皮的回應。

「抱歉抱歉！」奶奶再次大笑。

「所以沒有驚喜囉。」

「不要緊，知道你們要幫我過生日我好開心，已經好幾年沒有聚在一起了呢！」奶奶的舉手投足間，反映了愉快的心情。

「好吧，那我們趕快離開醫院吧。」倩羽走到奶奶面前，牽起她的手。

「好好好！」羅林鳳珠笑得開懷，完全忘記剛剛想回家的事情。

「阿和，你的女兒跟媽真的很投緣！」前往餐廳的路上，羅友明在車上這麼對著正在開車的弟弟說。

「是啊，她從小就特別黏媽。」羅友和回答。

「她每年暑假都是在臺南過的，都不肯待在臺北呢！」楊雅晴也補上一句。

「對都市小孩來說，還真是特別。」

「媽有她陪在身邊，真的開心許多。」

「的確是！」夫妻倆異口同聲的回應。

✿

轉眼間，暑假已經過了一個多月了。

為了抓住夏天的尾巴，倩羽和柏勳、婷玉，決定到海邊玩玩水、散散心，由二伯開車，載著奶奶、媽媽與妹妹一起，一行人「丟」下爸爸，找了一個平日，準備到北海岸來一趟一日的海邊小旅行。

「李柏勳快一點！」倩羽在沙灘上奔跑，催促著後面提著大包小包的柏勳。

「小姐，妳沒看見我手上很多東西嗎？」柏勳有點被激怒的說。

「小羽，妳也幫她拿一下吧。」媽媽看不下去，在旁邊唸了起來。

「好啦！」倩羽心不甘情不願的走向柏勳。

婷玉看著倩羽的臉，忍不住笑了出來：「妳有沒有那麼不甘願啊？」

「算了啦，我只想趕快跳到水裡！」說完，她一把搶過婷玉手上所有的東西，又開始奔跑。

「這孩子真是好動啊，一點都停不下來。」不等楊雅晴開口，一旁的奶奶也忍不住這麼說。「就是像到媽的個性啊！」聽見媳婦這麼說，奶奶贊同的比起大拇指。

「看招！」倩羽帶著妹妹進入海裡，兩人拼命的拿著水槍攻擊柏勳與婷玉。

「我們兩個一組。」被潑到眼睛的柏勳，氣呼呼的拉起婷玉的雙手。霎那間，倩羽似乎看到婷玉臉紅了，但也有可能是太陽太大的緣故吧，畢竟誰會喜歡李柏勳這個臭小子！

「來吧，我們兩姊妹是不會手下留情的喔。」倩羽露出準備發動攻勢的樣子。

「妳們才要小心喔！別忘了，伯勳可是男子漢呢！」婷玉不甘示弱的回應。

「我一個人就可以當兩個男生用了，誰怕誰！」說完，倩羽立刻伸出水槍，噴得婷玉滿臉都是水，倩瑋在一旁看得哈哈大笑。

「羅倩羽！」她氣急敗壞的對倩羽兩姊妹潑起水。

「哈哈哈哈哈，婷玉生氣了！」她們在海中互相追撞，水裡的壓力很大，就算不小心跌倒，頂多吃幾口水而已，並不會受傷。

「妳這個人真的很壞心眼耶。」柏勳一邊說，一邊拿起水桶往倩羽的頭上倒下去。

被淋了一身的倩羽，下意識重重推了柏勳一把，結果對方躲開，反而自己摔入海中。「啊！」看著姊姊跌倒了，倩瑋不經意的大叫了一聲。

「這下妳可以認輸了吧！」柏勳故意撇嘴笑，露出了狡猾的表情。

「可惡！」倩羽大吼，便開始發動猛烈的攻擊，四個人玩得不亦樂乎，完全忘記還在海灘上等他們回去吃飯的媽媽、二伯與奶奶。倩羽感到異常的放鬆，她覺得今天是這次暑假，最快樂、最愉悅的一天。

當四人終於玩累了，上岸後才驚覺肚子早已餓得咕嚕咕嚕叫。楊雅晴趕緊拿起一早起來就開始準備的壽司請大家吃。

「好好吃唷！」

「謝謝羅媽媽！」柏勳與婷玉大口的吃著包有小黃瓜與火腿的小壽司，倩羽則是拿了兩個豆皮口味的，並遞了一個給奶奶。

「奶奶想不想去踩踩水啊？」倩羽看著奶奶問。

「嗯，好啊。」奶奶點頭。

「那我吃飽後帶妳去喔。」說完，她便轉頭繼續跟朋友們聊天。

「喂！李柏勳，不要偷喝我的可樂！」倩羽打了他的手，讓可樂整個飛濺到柏勳的臉上。

「妳在幹嘛啦！」

「那是我的可樂！」

「你們兩個，這有什麼好吵的。」楊雅晴總算看不下去，立刻發揮教職員的本能：管教。兩人被她突然的嚴肅嚇到，立即閉上了嘴巴。而婷玉則是在一旁偷偷笑。

「哈哈哈哈哈！」大笑的人是二伯羅有明。

「黑衣人也會笑？」話一說出口，柏勳馬上後悔了。

「黑衣人？」二伯狐疑的看著他們。

倩羽跳出來說：「之前，還不認識二伯的時候，我們不知道該怎麼稱呼你，所以索性叫你黑衣人，感覺你蠻偏愛黑色的……」

「哈哈哈，是沒錯！」

「您不會生氣吧？」婷玉戰戰兢兢的問。

「當然不會，這又沒什麼！」說完，二伯也抓了一個壽司，一口吞下去。三人你一眼、我一眼，互相鬆了一口氣。

✿

傍晚，倩羽牽起奶奶的手，踩著岸邊的浪花，靜靜欣賞眼前的美景。

「奶奶。」倩羽捏捏奶奶的手背。

「怎麼啦?好痛耶!」她鬆開口，用另一隻手揉一揉。

「妳記得以前會帶我到河邊抓小蝦子嗎?」

「小蝦子?」

「就是有一座田的旁邊，有一條小溪，妳說裡面有很多草蝦。」倩羽解釋。

「喔，我知道啊!」

「但是，每次抓完後，奶奶都會叫我放生，不讓我帶回家養。」

「哈哈哈，妳很想養嗎?」

倩羽說:「當時是真的蠻想養的!不過還好沒帶回家，不然應該會被我養死，那就太可憐了!而且說不定還會被土豆偷吃掉，雖然我不清楚貓咪會不會吃魚啦，哈哈!」

「土豆?誰是土豆啊?」奶奶再次表現出疑惑、沒有安全感的表情。

「啊啊，就是一條小貓而已啦，附近的小貓。」倩羽心頭一驚，想盡辦法扭轉局勢。

「哪裡的小貓？」

「臺南老家那邊，一隻橘色的小花貓。」倩羽想起不久前還跟奶奶說了這個故事，甚至請羅強幫忙拍照傳過來，看來奶奶已經忘記了。

「臺南？我們現在在哪？」奶奶突如其來的一問，頓時讓倩羽啞口無言。

「我們在……」奶奶放開倩羽的手，在海灘上走來走去，媽媽與二伯似乎發現了不對勁的地方，趕緊從沙灘上走下來。

「好心人，你們可不可以送我回家？」

「媽，我是阿明啊！」二伯擔憂的看著母親。

「阿明，你來得正好，快點帶我回家！」她緊抓著兒子的手不放。

二伯一臉寫著「這是怎麼一回事」，驚訝的看著倩羽。

倩羽不由得哭了起來，陷入了自責的情緒裡。

十四、返鄉

「喵──」

「喵喵──」

這條橘色鮮豔的小肥貓，總是不時的躲在廚房火爐裡面，每當羅林鳳珠要煮飯時，牠就會跳出來，然後在她的腳邊磨蹭、討魚吃。

「小土豆，今天沒有魚，吃排骨好不好？」

她蹲下身來，摸了摸貓咪的下巴。

「喵嗚──」土豆叫了一聲，意思似乎是同意了今天的菜色。

羅林鳳珠打開爐灶，將火種放進入再用打火機點火，熊熊烈火立刻燒了起來。

對她來說，這個傳統的廚房，是她最棒的私人空間，年輕時嫁過來，餐餐都由她來張羅，孩子相繼出生後，揹著孩子炒菜、炊飯，種種回憶歷歷在目。

因此，當三兒羅友貴提議要將三合院改建時，她說什麼也不願意，即便做飯時再怎麼麻煩，她依然要每天「遵循古法」的炊飯，每個人都說她白費工，唯一認同她的，只有小兒子的大女兒倩羽。

倩羽雖然在臺北出生，但骨子裡的那股剛強，像極了她的堅韌。當她一聽到三伯想改建古厝時，立刻衝出來反對，甚至聲稱「老廚房」煮出來的飯比電鍋還好吃。

「哈哈！」

想到了這裡，羅林鳳珠不禁輕輕的笑了出來，她感受到牙齒間的縫隙變寬了，那股笑氣所帶來的「風速」也比從前來的強勁。

「喵喵喵——」土豆的聲音將她的思緒拉了回來，牠不耐煩地催促著自己的午餐。

「好了好了，來了！」

她拿起土豆專屬的小碗，盛了一小塊剛滷好的排骨與一小匙的湯汁，然後輕輕的放在地上，小貓可樂壞了，立刻俯身大快朵頤。

「跟個孩子似的。」

羅林鳳珠微笑著喃喃自語，看著土豆吃飯。

這裡的生活就是那麼輕鬆愜意，即使多半只有自己一個人，偶爾隔壁的阿珠會過來串串門子，兩人互相炫耀自己的兒子、女兒們有多出色，事業有多成功；或是一起去傳統市場搶便宜、甚至一起去美容院洗頭、燙頭髮等；每年七月，孫女倩羽還會下來與她同住兩個月，晚年的日子，這麼過，就讓人覺得很快樂了。

「哈——來睡個午覺吧！下午還要跟阿珠去採橘子呢！」她伸了伸懶腰，往房間走去。

在她準備躺下時，五斗櫃上的相框裡，八個人正用傻里傻氣的眼神看著她，她拿起相框仔細端詳著每個人，用手指輕輕觸碰。

「午安。」她在心裡默念著，接著緩緩的閉上眼睛。

✿

「啊！」奶奶躺在床上，睜大眼睛。

「奶奶，妳還好嗎？是不是作惡夢了？」睡在奶奶旁邊的倩羽，立刻起身關心狀況。

「呼呼……」奶奶沒有回答，取而代之的是氣喘如牛的聲音。

「奶奶？」倩羽擔憂的叫著她，並拉拉她的手。

「為什麼那麼暗？」

「啊？因為現在是晚上啊。」

倩羽指了指床頭櫃上那個只有夜光效果的鬧鐘，上面的指針正指著凌晨三點半。

「凌晨？不對啊，我剛剛正在睡午覺的……」奶奶疑惑的說。

聽見奶奶的形容，倩羽知道她的思緒又混亂了。

「沒有啦，我們大概晚上十一點的時候來房間睡覺的。」倩羽試著解釋。

「是這樣嗎？是不是我睡了太久，妳不敢告訴我？」

「不是的，奶奶放心。」倩羽知道，自己已經快要支撐不下去了。

「這太奇怪了吧？」

「奶奶，我們繼續睡覺好嗎？」

「嗯……」

「早上起來，我再帶妳去買燒餅喔！」倩羽想藉由奶奶愛吃的東西，來轉移她的注意力。

奶奶翻了翻身子，接著說：「小羽，怎麼都沒看到土豆？」

這下子，倩羽明白了，奶奶把這裡當成是自己在臺南的房間了，她立刻打消了開燈的念頭。

「不知道跑到哪去了吧。」她故作鎮定的回應。

「小傢伙，很愛亂跑。」

「對啊。」

「小羽。」

「嗯？」

「奶奶覺得，今年的暑假好像過得不太一樣。」

倩羽嚇了一跳，她心想，奶奶或許也察覺到自己的記憶力出了問題，記得醫生說話，失智症病人是無法記住新的事物，難道，奶奶自己有發現嗎？

「哪裡不一樣呢？」

「好像一下在臺北、一下卻在臺南，時間有點錯亂。」

「哎呀，奶奶不要想太多，一定是因為最近太累了。」倩羽連忙解釋。

「希望是這樣。」

「那，奶奶晚安囉。」

「好，晚安。」

說完，陷入了漫長的寂靜中，不久後，倩羽就聽見了奶奶的打呼聲。隨著秒針滴答滴答的走，倩羽已經感受不到任何的睡意了。

她努力揣摩奶奶的腦袋，想像著失智症如何無情奪走了她的記憶，她好想知道，最近發生的點點滴滴，奶奶記得嗎？

那些好的、壞的事情，二伯的出現、住院、到海邊玩、一起看電視、到公園散步、到日照中心短暫的時光，種種在臺北過暑假的回憶，奶奶到底記得多少呢？

面對奶奶這種混亂的思緒與不穩定的情緒，倩羽心裡比誰都明白，要延緩奶奶病情最好的辦法只有一個，就是「帶她回家」。

✿

幾天後，在一個雷雨過後的涼爽午後，大夥們帶著奶奶來到了二伯的摩天大樓。

「我看，現在送媽到日照中心，似乎不太妥當。」二伯率先提出了意見。

「但是這是最能就近照顧媽的方法啊！」爸爸也說出了自己的看法。

二伯站起身來，為大家面前的小杯子倒入剛泡好的茶，接著說：「專業人員的協助固然重要，但我個人認為，家人的陪伴也是不可少的。」

「二哥，那你覺得要怎麼做呢？」媽媽提問。

「是啊，你說三哥那邊，他每天跟三嫂還要忙農地裡的事情，羅強也還在讀書，就算是回臺南，要就近照顧媽，恐怕心有餘而力不足。如果想要送到當地的日照中心，又不是在家附近的距離而已，不會比在臺北還要方便。」爸爸補充著。

二伯點點頭說：「你們說的沒錯。」

「所以？」爸爸露出眉頭深鎖的樣子，這是他每次苦惱時會露出的慣用表情。

「最好的方法，就是我跟媽一起回去。」二伯堅定的回答。

「蛤？」

「噗，二哥你確定？」爸爸不假思索的說出這句話，剛入口的熱茶也噴了出來。

「我覺得，這樣是最棒的處理方式。」

「那你的事業怎麼辦？」媽媽也問。

「你們就別擔心我了，我也該退休，把公司的事情交給底下的人了。」二伯平靜的說。

「這樣真的好嗎？感覺我們幫不上什麼忙。」爸爸說。

「沒問題，我已經決定好了，倩羽妳覺得呢？」二伯突然將轉向倩羽，詢問她的意見。

面對二伯的問題，倩羽沒有驚訝的反應，似乎早就知道二伯會問她的意見一樣。

「哎呀，二哥，小羽不能作主啦。」

爸爸不太好意思的推託。

「阿和，她跟媽的感情那麼好，就讓她表達一下意見吧。」

二伯這麼一說後，爸爸也不再出聲，只是靜靜的看著倩羽。

倩羽握緊手心，然後深呼吸說：「我真的，真的很想陪奶奶走過未來的每一天，幫她記得，所有她記不住的事情。就算她一直忘記，要我提醒她幾次都沒關係。可是，在這裡，已經好久好久沒有看見奶奶的笑容，我知道她在這裡過得不習慣也不快樂。」

「所以雖然我很捨不得，但我贊成二伯的方法，讓奶奶盡快回家。」

說完，倩羽開始不停的流淚，媽媽趕緊過去拍拍她的肩膀。

「你們就別擔心了，我會照顧好媽的。」

二伯趁著情勢，再次徵求大家的同意。

「姊姊不要哭了。」

就連倩瑋也走到倩羽身邊，輕輕的拉住她的手。

羅友和閉上眼睛，接著誠懇的看著羅友明說：「二哥，那麼媽就拜託你了！」

✿

暑假的最後一個周末，羅友明開著他的那臺九人座，載著羅友和一家四口與外傭珍妮與母親，驅車準備回臺南老家。當告訴羅林鳳珠要帶她回家的那一瞬間，她立刻笑得合不攏嘴。

本來羅友和打算一行人一起搭高鐵，不過羅友明卻說：「開車，才會看到不一樣的風景。」

他們慢慢的玩、慢慢的開，在三義欣賞了木雕、遠眺火炎山；到嘉義吃了火雞肉飯、看著新落成的高跟鞋教堂，拍了許多照片留念。

倩羽看到奶奶的臉上，漸漸地重拾了以往那個和藹可親、發自內心的笑容。

傍晚時分，當車子駛入三合院旁的道路時，就看見阿春阿嬤抱著土豆，還有三伯一家人，站在門口迎接奶奶。

阿春阿嬤一看見奶奶，便將土豆遞到她身上說：「阿珠，歡迎回來！」

十五、幫妳記得

【暑假最難忘的一件事】

斗大的粉筆字，工整的呈現在黑板上面。今天是開學後的第一個星期一，早在開學的第一天，級任班導就告訴每位同學，要發表關於這個暑假裡面最快樂、最難忘的事，便上臺演講與大家分享。

「到海邊玩，和最好的朋友在一起，就是我暑假最難忘的回憶！」

「我、我的演講到此結束，謝謝大家！」下臺後，柏勳深深的吸了一口氣，眼神飄向坐在最後一排的倩羽，好像是在說：「終於結束了！」

「謝謝李柏勳同學的分享！」老師說完後，全班同學立刻鼓掌。

「下一位是，羅倩羽同學。」掌聲再次響起，倩羽覺得自己緊張到心臟都快要跳出來了。「咳咳！」倩羽刻意清了清喉嚨。

「好，請開始說吧。」老師看了看手錶，便催促著她盡快演講。

這個暑假，我度過了許多一輩子也無法忘記的回憶。

我從小和奶奶的感情就特別好，每年暑假，我都會回爸爸的老家臺南與奶奶一起住，在那邊體驗悠閒又愜意的生活。早上公雞會叫我起床，中午吃著奶奶各項美味的拿手料理與小吃，下午與堂弟一起到附近小溪玩水、去小廟裡探險，有時候還會騎腳踏車到隔壁庄買枝仔冰吃，或是跟奶奶一起體驗種玉米、採收高麗菜的樂趣，奶奶也總是說，我一點都不像嬌生慣養的臺北小孩。

只不過，這樣規律的行程，今年卻開始起了變化。奶奶被診斷罹患了輕度失智症。醫生說，這是一個沒有藥可以醫治的病，會一直惡化下去，到最後什麼都不會記得了。為了能夠就近照顧奶奶，爸媽決定將她接來臺北與我們同住，當我開始真正接觸奶奶時，發現她的一舉一動，真的非常的怪異，常常上一秒才在說的事，下一秒立刻忘得一乾二淨；有一次，她甚至忘記了我是誰，把我當成是陌生人，讓我難過了好久。

但是，就算奶奶生病了，她依然是我最愛的人。我在家裡做了各式各樣的小提醒，例如在水龍頭熱水的地方貼了「叉叉」的貼紙、冷水的地方則是「圈圈」，目的就是為了告訴她熱水會燙傷要小心；或是陪她聊聊以前的事情，看從前的電視連戲劇，醫生說，雖然她記不住新的事情，但是對從前的記憶仍然是存在的，我們可以利用一些和奶奶有關的事物，來幫助她不要退化得太快。

原本應該在臺南快活的兩個月，在一瞬間變得完全不一樣，一開始我也不太能接受，如果早知道會這樣，去年暑假我應該更珍惜能夠待在臺南與奶奶相處的時光才是。今年留在臺北，少了寬闊的農田、三合院的古味還有藍藍的大天空，取而代之的，是每天繁忙的人群，還有一幢幢高樓大廈，對我而言，完全沒有放暑假的感覺，但媽媽告訴我，值得慶幸的是，奶奶待在我們身邊，我自己也一直以這個動力來陪伴著奶奶。

接近暑假尾聲時，我的二伯開車帶我和班上同學柏勳與婷玉，奶奶、媽媽和我的妹妹倩瑋一起到北海岸的海邊玩，大夥玩得不亦樂乎，奶奶也笑得很開心。但在最後，因為我一句自作聰明的話，讓奶奶想到了臺南老家，開始吵著想要回家去，我也因此十分自責。現在，奶奶已經在二伯的陪伴下，回到了三合院，附近的鄰居，甚至連里長都來關心她，歡迎她回來，她笑得合不攏嘴，當下我也真正明白，這樣才是對奶奶最好的方式。

說到這裡，倩羽忍不住哽咽，她看到臺下的婷玉，正拿著面紙擦拭著眼角，她忍住想哭的衝動，繼續往下說：

就在開學的前一個星期六，二伯開車帶著大家一起送奶奶回臺南老家，一路上，奶奶一直在說好開心，好久沒有全家人聚在一塊了。我們邊開邊玩，用緩慢的步調前進，這一趟開了將近十二個小時，不過沒有一個人喊累，就連奶奶也幾乎從頭到尾都睜著眼睛，似乎捨不得休息。

回到臺南後，奶奶的愛貓「土豆」不知從哪裡冒出來，興奮的磨蹭著奶奶的腳踝，她一把將土豆抱起來，小貓立刻喵喵的叫，奶奶笑瞇瞇的看著大家說：「你們都回來啦，吃飽了嗎？我得趕快去做飯給你們吃！」然後，她便急急忙忙的往廚房走去，不久後，我們就聽見她從廚房大喊：「奇怪，冰箱怎麼沒有插電？而且裡面都沒有菜？是誰做的？」

奶奶的聲音聽起來有點惱怒，正當我們面面相覷時，姑姑出面了，她立刻走進廚房與奶奶解釋，大家尷尬的看著彼此，心裡都知道，奶奶已經忘記了，忘記搭了長程的車子回來，在她心裡，始終認為自己從來沒有離開過老家，或許連在臺北的暑假都忘記了。

經過這兩個月與奶奶的相處，我了解到失智症是個很殘忍的病，一點一點吞噬著病患的記憶，陪伴在身邊的家屬，也要有滿滿的勇氣來面對，因為我們永遠不知道下一步會發生什麼事，各種意外、難以預料的事情都會相繼發生。剛開始我也怨恨、埋怨過，甚至半夜偷偷哭，或是在心裡咒罵老天為什麼要讓我最喜歡的奶奶得這種病，但後來，看著爸爸的用心、二伯的孝順、三伯的講義氣、姑姑的決心，每個人都是那麼的關心奶奶，想要幫助她，所以我想我一定也做得到！

於是，我下定決心，就算奶奶以後什麼都記不得也沒關係，就算要我提醒她一百次也沒關係，我要幫奶奶記得，記得所有的記憶，即使有一天她忘了我是誰，我也會不厭其煩的告訴她：「奶奶，我是倩羽，是跟妳感情最好的倩羽。」

這個暑假可以說過得很糟糕，因為幾乎沒有去哪裡玩；但換個角度想，這個暑假也可以說過得很有意義，除了暑假作業按時寫完之後，又和奶奶新增了好多新的回憶！不管是好是壞，我一定會信守承諾，幫奶奶記得每個人、每件事！

這就是今年暑假，我最難忘的回憶！我的演講到此結束，謝謝大家！

當倩羽下臺鞠躬後，臺下立刻傳來熱烈的掌聲，有不少同學正拿著面紙擦拭著眼淚，也有人正在擤鼻涕，就連坐在辦公桌的老師，眼眶也紅紅的。

「謝謝羅倩羽同學精彩的演講，相信大家都十分感動。」老師站起來，對著全班同學說。

「倩羽，妳可要遵守自己的承諾喔！」老師再次看著倩羽，並以肯定的語氣對她說了這句話。「好！」倩羽笑了笑，簡潔有力的回答。

✿

當爸爸說今年中秋連假要帶他們回臺南過時，倩羽和妹妹倩瑋開心的從沙發上跳起來。「太好了！」倩瑋興奮的拍著手。

「真的，不用待在無聊的臺北！」倩羽也說。

「妳們兩個很奇怪耶，一點都不像在臺北出生的小孩。」爸爸故意裝了一個疑惑又無奈的神情看著她們。

倩羽摸了摸戴在脖子上的玉珮，這是媽媽特地帶她去給人家做的，這樣玉珮才不會不見，而且戴在身上，就像奶奶陪在她的身邊一樣。

「那是姊姊，不是我。」倩瑋俏皮的說。

「是啊，我的外表是臺北小孩，骨子裡卻是道道地地的臺南人！」倩羽自豪的表示。

「所謂月圓人團圓，中秋節就和過年一樣，本當就應該全家人待在一起慶祝、聊天！」媽媽從廚房走出來，邊用紙巾擦拭手邊手。

「是啊！」爸爸不禁抬頭看著窗外那顆漸漸要圓的月亮。

✿

「哇，我以為你們是明天才要回來呢！」二伯從爸爸的手中接過行李，驚訝的說。「是啊，我本來是這麼打算，不過兩個孩子一直吵，加上我們也想給媽一個驚喜！」爸爸解釋著。二伯聽完後便哈哈大笑。

「二伯好！」倩羽愉快的打招呼。

「二伯，你好。」倩瑋有點不好意思的躲在媽媽的身後。

「妳們好啊，看來有人還是會怕我喔！」二伯故意看著害羞的倩瑋，對她眨眨眼睛。「因為二伯穿了黑色以外的衣服，倩瑋可能不太習慣。」倩羽半開玩笑的說，一邊指了指羅友明身上的白色汗衫。

「哈哈哈，不好意思，在自己家忍不住邋遢了起來。」二伯難為情的笑著。「沒關係啦，我在家也都隨便穿！」

「真的假的？女生要怎麼隨便穿？」二伯的問題讓倩羽困惑了，她歪著頭想了一下說：「嗯……就是短袖上衣加上很簡單又很醜的短褲。」

「哈哈哈哈哈，妳真的是個奇怪的孩子！」二伯仰天大笑。

「呵呵，奶奶也總是這麼說。」倩羽吐了吐舌頭。

「她啊，就是沒有女孩子的樣子！」在一旁的媽媽也補了一句。

倩羽再次大笑，不以為意的聳聳肩。

當天晚上，羅家再次全員大集合，大夥們在三合院架起了烤肉架烤肉，奶奶戴上假牙，大聲嚷嚷著：「真是糟糕！我每一樣都想吃！」

「媽，妳的牙齒可以嗎？」三伯擔心的問。

「沒問題啦，小羽說我的牙齒跟怪獸一樣硬！」奶奶面帶驕傲的說。

羅強笑了出來，結果不小心被喝到一半的可樂嗆到。

「大笨蛋。」倩羽用白眼看著堂弟，在心裡想著。

奶奶會這麼說的原因，是因為倩羽小時候，有一次看到奶奶在吃雞腿，因為樣子特別豪邁，所以才說奶奶像大口吃肉的怪獸。不過，在奶奶的記憶中，竟然還記得這件事情，讓倩羽十分訝異。

「這樣啊，沒問題就好。」三伯拍拍奶奶的肩膀，然後遞給她一根剛烤好的筊白筍。

「羅強，你去撞牆啦！」倩羽突然大聲的喊。

「幹嘛啦妳，嚇我一跳！」

「你把我的肉夾走了！」

羅強嘖了一聲說：「阿姐，東西放在盤子裡大家都能吃好嗎？」

「你剛剛已經吃三片了！」

「蛤？妳怎麼知道？」羅強露出疑惑的表情。

「拜託，當然是因為我有算啊！吼，你不要再吃了！」倩羽拿著筷子打羅強的手背。

「會痛啦！」他下意識的把手縮了一下。

「知道痛就好，去烤肉啦，被你吃光我都沒有了！」倩羽以命令式的口吻說。

「知道了知道了，恰查某⋯⋯」

「你說什麼？」

「沒事啦！」羅強摸了摸鼻子，走到烤肉架旁邊與三伯換手。

「你們從小就愛吵吵鬧鬧的！」姑姑故作神秘的看著倩羽。

「哈哈是啊，但他的確蠻聽我的話的。」她有點驕傲的回應。

這時，三伯拿著手機走過來，說奶奶的妹妹，也就是倩羽的姨嬤，從臺東打電話過來給她。

「啊，對啊，我現在在烤肉喔！」奶奶拿著手機，笑得合不攏嘴。

「是啊，大家都在這邊，連阿明都回來了。」

「你們也在烤肉嗎？」

「今年的月亮看起來特別圓呢！」

「好好，那妳也要吃飽喔，中秋節快樂！」奶奶說完一連串的話之後，便把手機交還給三伯。二伯走到奶奶和倩羽旁邊坐下，輕輕的拉了拉奶奶的手說：「媽，是阿姨打來的嗎？妳們剛剛聊了什麼？」

奶奶歪著頭，咬了一口筊白筍然後說：「電話？沒有啊，我沒有講電話，你阿姨也沒有打給我啊……」

「媽，剛剛明明就……」二伯有點不曉得該如何說服奶奶。

倩羽湊了過來，認真的看著奶奶說：「奶奶，臺東的姨婆，是不是也在烤肉？」奶奶思索了好一會兒回答：「應該吧。」

「妳怎麼知道呢？」

「傻孩子，當然是她告訴我的啊！」奶奶說。

倩羽看著二伯笑了笑，不管奶奶是想剛才有講過電話，或是跟以前的記憶混在一起都沒關係，因為她早就下定決心，要幫奶奶記得。吃飽後，她拉著奶奶到後院看著又大又圓的月亮，她緊緊牽著奶奶的手，月光照亮了兩人的面頰，他們相視而笑。這一刻，倩羽覺得沒有任何事情可以阻撓她，無論奶奶未來會變得怎樣，她一定會陪在奶奶得身邊。

「奶奶，我會幫妳記得所有事情，妳不要擔心。」倩羽說完看著奶奶微笑，而她也報以同樣溫暖的笑容。

培育
文化

勵志學堂 65

與奶奶的約定

作者　林玫妮
責任編輯　許安遙
美術編輯　姚恩涵
封面設計　青姚

出版者　培育文化事業有限公司
信箱　yungjiuh@ms45.hinet.net
地址　新北市汐止區大同路3段194號9樓之1
電話　（02）8647-3663
傳真　（02）8674-3660
劃撥帳號　18669219
CVS代理　美璟文化有限公司
TEL／(02)27239968
FAX／(02)27239668

總經銷：永續圖書有限公司

法律顧問　方圓法律事務所　涂成樞律師
出版日期　2017年06月

國家圖書館出版品預行編目資料

與奶奶的約定 / 林玫妮著. -- 初版.
-- 新北市 : 培育文化, 民106.06
面 ;　公分
ISBN 978-986-5862-93-0(平裝)

859.6　　106005404

※為保障您的權益，每一項資料請務必確實填寫，謝謝！

姓名		性別	□男 □女
生日	年 月 日	年齡	
住宅地址	郵遞區號□□□		
行動電話		E-mail	

學歷

□國小 □國中 □高中、高職 □專科、大學以上 □其他______

職業

□學生 □軍 □公 □教 □工 □商 □金融業
□資訊業 □服務業 □傳播業 □出版業 □自由業 □其他______

謝謝您購買 與奶奶的約定 與我們一起分享讀完本書後的心得。務必留下您的基本資料及電子信箱，使用我們準備的免郵回函寄回，我們每月將抽出一百名回函讀者，寄出精美禮物以及享有生日當月購書優惠！想知道更多更即時的消息，歡迎加入"永續圖書粉絲團"

您也可以使用以下傳真電話或是掃描圖檔寄回本公司電子信箱，謝謝！

傳真電話：（02）8647-3660 電子信箱：yungjiuh@ms45.hinet.net

●請針對下列各項目為本書打分數，由高至低5～1分。

	5	4	3	2	1		5	4	3	2	1
1. 內容題材	□	□	□	□	□	2. 編排設計	□	□	□	□	□
3. 封面設計	□	□	□	□	□	4. 文字品質	□	□	□	□	□
5. 圖片品質	□	□	□	□	□	6. 裝訂印刷	□	□	□	□	□

●您購買此書的地點及店名______

●您為何會購買本書？

□被文案吸引 □喜歡封面設計 □親友推薦 □喜歡作者
□網站介紹 □其他______

●您認為什麼因素會影響您購買書籍的慾望？

□價格，並且合理定價是______ □內容文字有足夠吸引力
□作者的知名度 □是否為暢銷書籍 □封面設計、插、漫畫

●請寫下您對編輯部的期望及建議：

2 2 1 - 0 3

新北市汐止區大同路三段194號9樓之1

傳真電話：（02）8647-3660
E-mail：yungjiuh@ms45.hinet.net

廣 告 回 信
基隆郵局登記證
基隆廣字第200132號

培育

文化事業有限公司

讀者專用回函

與奶奶的約定

培 養 文 化 育 智 心 靈 的 好 選 擇